www.mayabook.co.kr

www.mayabook.co.kr

진진무림전

進振武林傳

진진무림전 追振武林傳 ①

지은이 | 한은솔
펴낸이 | 권순남
펴낸곳 | (주)마야 · 마루출판사

등록 | 2008. 1. 7(제310-2008-00001호)

초판 인쇄 | 2014. 6. 30
초판 발행 | 2014. 7. 2

주소 | 서울시 노원구 상계 1동 1049-25 신영산업 BD 602호
대표전화 | 02-2091-0291
팩스 | 02-2091-0290
이메일 | marubooks@hanmail.net

ISBN | 978-89-280-1481-1(세트) / 978-89-280-3238-9
정가 | 8,000원

잘못된 책은 교환하여 드립니다.
저자와 협의하여 인지를 붙이지 않습니다.

「이 도서의 국립중앙도서관 출판시도서목록(CIP)은 서지정보유통지원시스템 홈페이지(http://seoji.nl.go.kr)와 국가자료공동목록시스템(http://www.nl.go.kr/kolisnet)에서 이용하실 수 있습니다.」
(CIP제어번호:CIP2014019705)

進振武林傳
진진무림전

한은솔 신무협 장편소설
MAYA & MARU ORIENTAL STORY

④

목차

제1장. 제갈미령은 선녀였던가? …007
제2장. 계륵 …029
제3장. 아부 바크르(Abu Bakr) …049
제4장. 진진, 마상필을 만나다 …071
제5장. 뭘? …089
제6장. 선인루 …111
제7장. 찰거머리 난입하다! …133
제8장. 힘들어 죽겠다 …155
제9장. 마귀, 색마, 그리고 진진 …177
제10장. 손님들 …201
제11장. 사부님! 사부님! 젠장! 사부님! …225
제12장. 기다렸습니다 …247
제13장. 총명함과 무식함의 경계 …267
제14장. 가고 오는 게 쉬운 게 없더라 …285

進振武林傳
진진무림전

제1장

제갈미령은 선녀였던가?

 인간관계는 참 알 수가 없다. 이리저리, 요리조리 잘 피해서 다닌다고 용을 쓰는데도 이게 부처님 손바닥처럼 피할 수가 없다. 세상이 얼마나 넓고 복잡한데 그 와중에 나를 아는 사람, 또는 내가 아는 사람을 턱하니 만날 수 있을까. 손오공이 어떤 심정이었을지 심히 이해가 가는 그런 상황이다.
 날고 기어도 제자리 뜀뛰기라더니, 한 번 잘못 엉키니 이게 풀 방법이 없다. 아, 물론 그 관계가 딱히 돈독하지도 않고 대단하지도 않다는 가정하에 이야기하는 거다. 하지만 아예 모르면 모를까, 언뜻 주워들은 게 있는데 관심이 가는 건 어쩔 수 없는 일 아닌가.
 하긴 어찌어찌하다 보니 나와는 상관없는 억지스러운 관

계가 자연발생적으로 생겨나기도 하는데, 그까짓 거 뭐 대수일까마는, 아무튼 지금부터 시작하는 이야기는 마상필이라는 인간과 아부 바크르(Abu Bakr)라는 인간의 다사다난한 인생, 아니 어찌 보면 그들과의 만남에서 비롯된 사건 사고의 구질구질한 변명에 관한 것이라 하겠다.

✠ ✠ ✠

진진은 대갈세가의 답답한 남매와 떨어지자 십 년 묵은 체증이 내려간 듯 홀가분한 마음이 되었다. 어찌 보면 사고(思考)가 열린 듯하면서도 멍청하기가 이를 데 없는 제갈진수와, 멀쩡한 듯 보이지만 아집에 사로잡혀 한쪽만 죽어라 바라보는 제갈미령을 벗어나니 유유자적 태평성대가 되었다. 자신을 제외한 무언가를 고민할 필요도 없고, 신경 쓸 이유도 없으니 이렇게 편할 수가 없었다.

여남을 거쳐 정주에 이르기까지 만사형통으로 이동을 했고, 주변 풍광과 술 한 잔을 곁들이니 이거야말로 여행의 묘미란 생각까지 들었다.

거드름 좀 피운다는 시객들이 한 번쯤은 거쳐 간다는 낙양에 이르면 자신도 그럴싸한 시구 한 줄 남겨 주고 북경으로 이동할 생각이었다.

공의(鞏義)를 거쳐 언사(偃師)를 지나면 낙양이 하루 거리다. 정주에서 이것저것 부족한 물품을 채우고 발길을 돌리니 이제 오 일 후면 말로만 듣던 낙양을 둘러볼 수 있을 것이다.

관도를 이용하기도 했지만 되도록 근처 샛길을 걷거나 산길을 돌아 움직였기에 누군가를 만나지도 않았고, 특별한 사건이 발생하지 않았다. 더 이상 귀찮은 일이 생겨나는 건 절대 사절이었기에 시간을 더 투자할지라도 그렇게 이동을 하고 있었다.

그런데 아무리 용을 써도 안 되는 놈은 안 되는 건가 싶은 생각이 들 정도로 어이없는 일이 생겨났다. 재수 없게도…….

"아, 진짜! 아침 댓바람부터 시체를 보냐?"

진진은 샛길 사이에 덩그러니 누워 있는 시체(?) 한 구를 발견하고 미간을 찌푸렸다. 아직 썩은 내가 없는 걸 보니 죽은 지 얼마 되지 않은 시체 같았는데, 행색이 초라하고 지저분한 게 비렁뱅이였거나 그 비슷한 삶을 살다 죽은 놈 같았다.

뭐, 여기까지는 충분히 그럴 수 있다고 생각했다. 못 본 척 지나치면 그만일 테니 말이다.

"살아 있어?"

보통 사람과 다르게 기감이 발달하고, 미세한 감각까지 느낄 수 있는 진진에게 가늘게 숨소리가 들려왔다.

"아, 몰라. 죽든 살든 다 자기 팔자지."

진진은 괜히 관심을 가졌다가 또 엉뚱한 일에 휘말리는 건 아닌가 싶어 무시를 했고, 곧 시체(?)가 될 대상을 피해

후다닥 달려갔다. 이럴 땐 최대한 빠른 속도로 멀어지는 게 좋다고 생각한 것이다.

그러나 그것도 잠시, 점차 진진의 걸음걸이가 느려지더니 결국 멈춰 섰다.

"짜증 난다고!"

진진은 버럭 소리를 지르며 씩씩대더니 다시 발길을 돌려 시체(?)가 누워 있는 샛길로 돌아갔다. 인적도 없는 산길인데 저대로 두면 결국은 죽을 것이고, 그렇게 되면 어쩌면 살 수 있는 인간을 외면한 대가로 악몽 따위를 꿀 수도 있다는 생각이 들었기 때문이다. 괜히 뒤통수가 가려운 입장이 되느니 숨이 끊어질 때까지는 잠시 지켜보기로 마음을 바꾼 것이다.

"더러워서 이런 거야, 아니면 본래 얼굴색이 이런 거야?"

중원이 넓다 보니 별의별 종족들이 많다는 것은 알고 있지만, 곧 시체(?)가 될 대상은 진진이 알고 있는 여타의 중원 민족과는 확연히 다른 외향을 하고 있었다.

큰 코와 풍성한 수염, 그리고 흑갈색의 피부색. 이런 특성을 지닌 민족이나 부족이 있나 잠시 고민해 봤지만 딱히 떠오르는 대상이 없었다. 숙부들이 중원 곳곳을 돌아다니며 일을 하다 보니 다양한 인간들의 이야기를 듣긴 했지만, 눈앞에 누워 있는 시체(?)의 특징은 한 번도 들어 본 적이 없었다.

아예 얼굴빛이 밝고 홍조를 띠거나 머리칼이 똥색이라면 서역인이라 보면 맞을 것이고, 아예 검은빛에 짧은 곱슬머리를 지녔다면 서역 넘어 열국(熱國)에서 산다는 오인(烏人:까마귀처럼 검은 사람)을 의심해 볼 수도 있다. 하지만 이도저도 아닌 오묘한 흑갈색이라니, 어느 나라 어느 민족인지 감이 잡히질 않았다.

"사람 궁금하게 만드네……."

시체 후보를 물끄러미 바라보고 있던 진진은 물주머니를 꺼냈다.

"살면 사는 거고, 죽으면 어쩔 수 없는 거지. 그래도 사람이 사람을 만났는데 모른 척하는 건 할 짓이 아닌 거야."

진진은 혼잣말을 웅얼거리며 흑갈색 인간의 입에 조심스럽게 물을 흘려 넣었다.

"음……. 음? 음! 후루룩! 쩝쩝."

정신을 잃고 쓰러져 있던 흑갈색 인간은 수분기를 느끼자 조금은 정신을 차렸고, 잠시 뒤엔 어미젖이라도 빠는 아이처럼 물주머니를 움켜쥐었다.

"여기까지. 더 먹으면 진짜 죽는 수가 있다."

상대가 느끼는 갈증은 이해를 하지만, 이런 상황에서 과도한 수분 섭취는 오히려 독이 될 수 있었다. 진진은 물주머니를 치우려 했지만 상대는 물주머니가 구명줄이라 생각했는지 도무지 놓을 생각을 하지 않았다.

"이놈 봐라. 이제 보니 힘이 남아도네."

곧 죽을 것처럼 누워 있던 인간치곤 아귀힘이 보통을 넘자, 진진은 어이없는 표정으로 흑갈색 인간의 맥문을 움켜쥐었다.

"아악!"

"좋게 말할 때 놔라."

진진이 입술을 실룩거리며 경고를 보내자 상대도 눈치가 보이는지 조심스럽게 아귀힘을 풀었다. 아니, 풀기 싫어도 손에 힘이 빠져 물주머니를 쥐고 있을 수가 없었다.

흑갈색 인간이 어느 정도 안정이 되자 물주머니를 치운 진진이 다시 입을 열었다.

"정체가 뭐냐?"

"으……."

진진의 말에 상대는 뭔가 하고 싶은 말이 있는 듯 보였지만, 언제 정신을 차렸냐는 듯 다시 의식을 잃어버렸다.

"헐."

진진은 어이없는 표정으로 흑갈색 인간을 바라보다 맥을 짚었다. 이유야 어찌 되었든 일단 살리기로 마음먹었으니 몸 상태를 살피려는 것이다.

"흠… 탈진인가?"

진진은 흑갈색 인간의 손을 내려놓더니 잠시 주변을 살폈다.

"일단 적당한 곳으로 장소를 옮겨야겠군."

아직 해가 떨어지려면 한참이 남았지만 상대가 언제 깨어

날지 가늠이 안 되는 데다, 깨어났을 때 기력을 차릴 수 있게 뭐라도 먹이려면 적당히 쉴 장소가 필요했다.

"역시 귀찮아. 내가 왜 돌아왔을까. 윽! 냄새!"

진진은 넋두리 비슷하게 한숨을 쉬더니 흑갈색 인간을 들쳐 멨다. 그러나 코가 썩을 듯한 냄새에 기겁을 해야만 했다.

일각 정도를 달린 끝에 분지가 나타나자 어깨에 메고 있던 흑갈색 인간을 가마니 던지듯 내팽개쳤다.

"빌어먹을!"

"컥!"

흑갈색 인간은 바닥에 떨어진 충격 때문에 잠시 헛바람을 토했지만 역시 정신을 차리진 못했다.

"망할! 무슨 놈의 냄새가……."

진진은 우거지상을 지으며 옷을 탈탈 털었다. 사람이 아닌 똥지게를 지고 달려도 이 정도는 아닐 거란 생각이 들 정도였다. 그냥 옆에서 보면 냄새가 심하지 않았지만 가까이 붙으니 이게 장난이 아니었다.

흑갈색 인간은 두 시진이 지나서야 조금씩 정신을 차렸다. 하릴없이 시간을 죽이고 있던 진진은 다시 물 한 모금을 흘려 줬고, 그리고 나서도 한참이 지나서야 대화가 가능한 상태가 됐다. 오전에 발견을 하고 오후가 돼서야 서로를 살필 수 있는 상태가 된 것이다.

"누… 구……."

흑갈색 인간이 진진을 발견하고 조심스럽게 입을 열었다.

"혀가 이상한 거야, 아니면 우리말을 잘 못하는 거야?"

흑갈색 인간의 발음이 묘하게 어긋나 있었다.

"말은… 하지만… 아직… 부족."

"확실히 중원인은 아니네. 뭐, 그거야 예상했던 거니까."

"……."

"왜 이런 상태가 됐는지는 모르겠지만, 몸 상태가 엉망이니 그대로 누워 있어. 죽이라도 쒀 줄 테니까."

진진의 말에 상대는 조심스럽게 고개를 끄덕였다.

진진은 오후내 물에 불려 놓은 쌀과 육포를 끓여 미음을 만들었고, 고소한 향기가 흘러나오자 흑갈색 인간은 침을 꼴깍꼴깍 삼켜 댔다.

"조금씩, 천천히. 할 수 있지?"

"네. 천천히, 조금씩."

"그래."

진진이 고개를 끄덕이며 미음을 건네주자 흑갈색 인간은 조심스럽게, 그리고 천천히 미음을 먹기 시작했다.

두 식경 정도에 걸쳐 식사가 끝이 났고, 희멀건 눈빛으로 오락가락하던 흑갈색 인간도 완전히 정신이 돌아왔다.

"감사……."

흑갈색 인간은 그릇을 내려놓더니 진진을 향해 무릎을 꿇고 고개를 숙였다.

"생명의 은인이긴 하지만, 그렇다고 절까지 할 필요가 있나?"

진진은 부담스럽다며 손을 내저었다.

"주인… 은혜."

"주인? 무슨 소리야?"

진진은 뜬금없이 자신을 주인이라고 부르는 흑갈색 인간의 말에 어이없는 표정이 됐다.

"생명. 은인. 주인. 마스터."

"……."

"알라의 뜻!"

"마스터? 알라?"

진진은 자신이 알지 못하는 말이 흘러나오자 눈을 껌뻑였다. 대충 생명을 구해 준 은혜를 갚고자 주인으로 모시겠다 그런 의미 같은데, 말도 잘 안 통하는 거지 같은 인간을 일행으로 받아들일 생각은 추호도 없었다.

거기다 어떤 사연을 지닌지도 모르는 데다 대뜸 주인으로 모시겠다는 인간을 어찌 믿겠는가.

"무슨 헛소리야. 대충 정신 차리면 각자 갈 길 가자고."

진진이 받아들일 수 없다는 의사를 명확히 하자 흑갈색 인간의 표정이 심각해졌다.

"뭐? 그렇게 바라보면 어쩌겠다고?"

진지함과 결연한 눈빛으로 자신을 바라보는 흑갈색 인간

의 표정에 불편한 심정이 되었다. 이건 물에서 건져 놓으니 보따리 내놓으라는 딱 그 상황 아닌가 말이다.

'젠장! 역시 그냥 지나쳐 갔어야 했어! 완전히 똥 밟은 거 같은데…….'

진진은 적당히 기회를 봐서 튀기로 마음먹었다. 몸도 부실하고 탈진까지 한 놈이니 자신을 쫓아오지는 못할 것이다. 호기심 때문에 살려 놓기는 했는데, 하는 짓을 보니 정상이 아니었다.

그런 진진의 마음을 알아차리기라도 한 걸까. 결연한 표정을 짓고 있던 흑갈색 인간이 다시 입을 열었다.

"인샬라."

"뭐라는 거야?"

"아부 바크르. 여기 왔다. 나의 의지는 없다. 그러나 신의 뜻이 있다."

"……."

"첫 생명은 술탄의 것. 두 번째 생명은 주인의 것. 알라의 뜻에 따라. 아부 바크르 여기에서 다시 태어났다."

띄엄띄엄 말을 하고는 있지만 문맥을 이해하는 덴 어렵지 않았다. 술탄이 뭔지는 모르겠지만 첫 생은 술탄의 것이었고, 죽다 살아난 지금은 진진 자신의 것이라는 뜻으로 보였다. 일단 문맥상 의미는 그렇다 쳐도, 알 수 없는 단어가 틈틈이 끼어들어 정확한 뜻을 파악하기가 어려웠다.

'튈 땐 튀더라도 호기심은 풀고 가자. 밥값은 받아야지 않겠어?'

진진은 언제든 자리를 떠날 수 있다는 생각에 흑갈색 인간이 누구인지, 어디에서 왔는지 정도는 알아보기로 했다.

"아부 바크르? 그게 이름인가?"

진진의 질문에 아부 바크르가 고개를 끄덕였다.

"술탄은 누구고, 알라는 누구지?"

"술탄은 왕(王)! 알라는 신(神)!"

"아, 그러니까 예전에는 왕을 섬겼고, 지금은 나를 섬기겠다? 그게 신의 뜻이어서?"

진진의 말에 아부 바크르의 고개가 크게 움직였다.

'왕을 섬겼다는 건 그 나라의 백성이었다는 뜻이야, 아니면 관리였다는 뜻이야?'

진진은 잠시 고개를 갸웃거리다 다시 질문을 했다.

"아부 바크르, 왕의 신하?"

진진의 말에 잠시 아리송한 표정을 짓던 아부 바크르가 무슨 의미인지 깨달았다는 듯 대답을 했다.

"아부 바크르. 왕의 학자."

"학자? 공부를 하는 사람이었다고?"

"술탄은 세상의 지식을 알고 싶어 했다. 나는 세상을 돌며 공부를 했다."

"그러니까 아부 바크르… 아, 이거 발음이 힘드네. 그냥 아부로 불러도 될까?"

"주인의 뜻대로."

"쩝! 내 뜻대로 하자는 건 아니고, 아무튼 아부라고 부르도록 할게."

"주인의 뜻대로!"

"뭐, 그렇다 치고. 아부는 왕의 학자인데 왕이 원하는 지식을 구하기 위해 세상을 돌아다녔다, 그런 의미지?"

진진의 말에 아부가 다시 고개를 끄덕였다.

"그런데 왜 이런 산속에서 다 죽어 가는 거야? 왕의 학자라면 호위도 있고, 부하도 있고, 그래야 하는 것 아닌가?"

왕이 세상의 지식을 구하라고 보냈을 정도면 혼자 달랑 내보내지는 않았을 것이다.

"오스만 투르크, 맘루크 멸망. 노예가 되었다."

"오스만 투르크? 맘루크?"

진진은 모조리 처음 들어 보는 말이라 다시 멍한 표정이 되었다. 자신이 이해할 만큼 대화가 되려면 어느 정도 시간이 필요하겠단 생각이 들자 잠시 고민에 들어갔다. 다른 세상의 이야기가 궁금하고 당기기는 하지만, 중원과 상관도 없는 세상의 이야기를 듣겠다고 혹을 달고 다닐 필요가 있는가 하는 것이다.

거기다 노예가 되었다는 말이 흘러나오자 대충 아부의 상황이 어떤 것인지 파악이 된 상태다. 중원 한복판에서 거지꼴로 쓰러져 있었다는 것은 도망친 노예라는 의미가 되는 것이다. 호기심을 풀겠다고 아부를 데리고 다니다 자칫 원 주인이라도 만나는 날엔 분위기가 묘해질 수도 있었다.

"도망친 건가?"

"도망? 아니다. 밴디트(Bandits)가 공격했다. 모두 죽었다."

"밴디트? 그건 또 뭔데?"

"죽이고 뺏는다."

"아! 산적이나 마적 같은 걸 말하는 건가?"

"산적? 마적? 모른다. 밴디트는 약탈자다."

"그래, 그게 그거지."

원 주인이 누구였든 아부를 데리고 있던 자들은 다 죽었다는 뜻이다. 어떻게 살아서 도망쳤는지는 모르겠지만, 일단 아부의 신상을 가지고 따질 자들은 당장 없다는 의미니 잠시 같이 있는다고 해서 문제가 되진 않을 것 같았다.

무공을 익히는 것은 거의 억지로 하다시피 했지만, 학문을 공부하는 건 시키지 않아도 알아서 했을 정도로 좋아했던 진진이다. 그냥 다른 나라 사람도 아니고 그 세상에서 학자로 살았다면 여행을 다니는 동안 심심치 않은 말동무가 될 수도 있다는 생각이 들었다.

"아부."

진진이 이름을 부르자 무릎을 꿇고 있던 아부가 고개를 숙였다. 마치 하명을 기다리는 신하처럼 말이다.

"아, 정말 적응 안 되네. 그냥 편하게 있으면 안 되나?"
"주인에게 그럴 수 없다."
"주인 안 한다니까."
"알라의 뜻. 아부는 따라야 한다."
"내가 싫다면?"
"두 번째 삶은 더 이상 의미가 없다."
"무슨 의미지?"

진진은 설마 목숨이라도 끊겠다는 건가 싶어 아부를 바라봤다.

"내 삶은 첫 번째에서 끝이 났다."
"그거… 혹시 자살을 한다거나 그런 건 아니지?"
"알라의 뜻에 따를 뿐이다."
"그러니까 그 알라… 신의 뜻이 뭐냐고."
"인샬라."
"인샬라는 또 뭔데?"

진진은 답답하다는 듯 아부를 바라봤다.

"삶과 죽음의 시작과 끝. 인간은 알 수 없다. 오직 알라만이 알고 있을 뿐."
"그러니까 어떻게 될지는 아부도 모른다는 말이네."
"인샬라."
"……"

진진은 같은 말을 되풀이하는 아부의 태도에 잠시 말문

이 막혔다. 마치 남자 제갈미령을 보는 느낌이 들 정도다. 말도 다르고 풍습도 다른 사람과 합의점을 찾는다는 게 쉽지 않다고는 생각했지만, 거기에 종교적 신념이 들어가니 이게 더 막막한 느낌이 들었다. 이럴 땐 똑같이 돌려주는 게 정답이다.

"그래, 알라의 뜻대로. 맘대로 해. 나도 내 맘대로 할 테니까."

"감사. 고맙다."

"아, 난 왜 이런 인간들만 꼬이는 거냐. 고맙긴 뭐가 고맙다는 거냐고. 말이 안 통해! 말이!"

진진은 더 이상 대화를 못하겠다는 듯 고개를 돌려 버렸다.

✠ ✠ ✠

뭐든지 적당할 때 멈춰야 좋다는 말이 있다. 그게 부담도 되지 않고, 무리도 따르지 않기 때문이다. 그래서 아주 독종이 아닌 이상은 넘지 않는 선이라는 게 있고, 그 선을 지키고 사는 게 대부분의 사람들이다.

진진 스스로도 그 영역에 속해 있고, 그게 평안의 지름길임도 잘 알고 있다. 그런데 그 선을 거침없이 넘나드는 인간이 거머리처럼 딱 달라붙어 꼼짝을 하지 않았다.

"아부."

"네, 마스터."

"마스터 아니라니까."

"그럼 주인?"

"주인 아니라고."

"알라의 뜻대로."

"그쪽 신하고는 일면식도 없거든!"

"인샬라."

"아, 좀!"

"네, 주인."

"아니라니까!"

"예스, 마스터."

"……."

진진은 딱 하루 만에 아부 바크르라는 인간에게 진저리가 나 버렸다. 이렇게 하루를 더 보냈다간 미쳐 버릴 수도 있다는 생각에 결국 줄행랑을 쳤는데, 이게 또 환장할 일이다. 뛰다가 죽어도 좋다는 듯 미친 듯이 따라오는데, 마치 인생의 모든 것이 자신을 쫓는 데 국한된 사람처럼 행동을 했다.

아예 무시를 하고 거리를 벌렸고, 보이지 않을 때까지 도망도 쳤다. 하지만 하룻밤 노숙을 하고 나면 어김없이 다시 모습을 나타냈다. 그것도 피골이 상접한 모습으로 말이다.

저러다 죽기라도 하는 날엔 귀신이 되어서도 쫓아다닐 것 같았다. 세상에 나와 아직 많은 이들을 만나 보진 못했지만,

도저히 말이나 행동으로는 어쩔 수 없는 존재가 버젓이 돌아다니고 있을 거라곤 생각지 못했었다.

처음엔 제갈미령과 비슷한 존재라고 생각했지만, 그렇게 생각한 것이 제갈미령에게 미안한 마음이 들 정도다. 제갈미령 따위, 아부에 비하면 선녀라고 불러도 될 판이다.

"아부, 그러다 죽을 수도 있다."

"인샬라."

인샬라. '만약 신이 원하신다면'의 뜻이란다. 코란이라고 불리는 이쪽 세상의 불경과 비슷한 경전이 있다는데, 아부가 수시로 중얼거리는 인샬라는 어떤 일이 있어도 '나는 내일 반드시 이것을 한다'라고 해서는 안 된다는 의미를 담고 있다고 했다. 다시 말해 내가 어떤 계획을 세우고 고민을 해도 신이 원치 않는다면 절대 이루어질 수 없다는 뜻이 된다. 미래의 일은 인간이 결정하고 재단할 수 없으니 신의 의지에서만 가능한 일이라는 뜻이다.

미래에 예정된 행위나 약속에 대해서, 그것이 아무리 하찮은 것이라도 모두 신의 허락이 있어야 비로소 가능해진다는 것이 그쪽 세상의 종교라고 했다. 어찌 들으면 타당성 있으면서도 달리 생각하면 무책임할 정도로 신에게 의지하는 경향을 보이기도 했다.

죽을 수도 있다는 말에 아부가 인샬라로 답한 것은 내일 또는 잠시 뒤 죽는 것이 신의 뜻이라면 상관없다는 그야말로 무시무시한 말이다.

"학자라면 이성적이고 타당한 논리로 접근해야 하는 거 아닌가? 너무 무책임하잖아."

"이성적이고 논리적인 접근은 당연히 학자의 의무다."

"그래, 내 말이!"

"하지만 그렇지 못한 모든 것은 인샬라다."

"내가 왜 그렇지 못한 것에 속하냐고?"

"다른 세상. 다른 사람. 다른 장소. 예기치 못한 만남. 이것은 이성과 논리가 아닌 인샬라다."

"좋아. 내가 아부의 주인이라면 내 말에 따르는 게 도리겠지?"

"그렇다."

"그럼 명령한다. 나는 더 이상 아부의 주인도 아니고, 마스터도 아니고, 은인도 아니다. 그러니 너는 자유인이다!"

"알라의 뜻에 반하는 명령은 따를 수 없다."

"왜!"

"주인을 만난 것은 알라의 뜻. 그것을 저버리라는 것은 인샬라를 거부하는 것이다. 나는 알라의 신실한 종! 그럴 수 없다."

"염병하네!"

진진은 복장 터지는 소리에 더 이상 못 참겠다는 듯 욕을 터트렸다.

"염병? 그게 뭔가? 아! 진진을 주인으로 모시는 행위를 염병이라고 하는가? 그렇다면 나는 이제부터 진진의 염병이다!"

"……."

"나의 염병은 알라의 뜻. 막을 수 없다."

진진은 스스로 염병을 하겠다는 아부의 말에 머리가 핑 도는 느낌을 받았다. 사람이 열을 받으면 이렇게 죽을 수도 있겠구나 하는 생각이 들었다.

"인… 샬라."

진진은 자신도 모르게 인샬라가 튀어나왔다.

제 2 장

계륵

 서로가 서로를 보며 인샬라(물론 각자 뜻하는 바는 달랐다.)를 외친 뒤론 그럭저럭 같이 다니는 동행이 됐다.

 진진 입장에선 나도 모르겠으니 맘대로 하라는 식이었고, 아부 입장에선 더 이상 목숨 걸고 뛰지 않아도 좋으니 무조건 좋다는 식이다. 헉헉대며 인샬라를 외쳐 대긴 했지만, 아부도 죽자 살자 뛰는 것은 더 이상 사양이었던 모양이다.

 낙양에 도착한 진진은 객잔을 잡고, 가장 먼저 아부의 몰골을 사람답게 만드는 것에 집중했다. 외향은 물론이고 행색이 거저 사촌 같다 보니 보통 사람들이 오가는 곳을 돌아다니기가 힘들었기 때문이다.

 목욕물을 다섯 번이나 갈고 나서야 사람 꼴이 된 아부는 진진이 구해다 준 옷으로 갈아입자, 언제 길바닥 시체 후보였냐는 듯 멀쩡한 모양이 됐다.

"수염은 계속 기를 거야?"

진진은 덥수룩한 아부의 수염을 보며 이왕 목욕재계한 김에 얼굴도 깔끔히 하자고 했다. 신체발부수지부모(身體髮膚受之父母)라는 말이 있기에 혹시나 싫다고 하면 어쩌나 했는데, 별다른 반항 없이 수염을 깔끔히 밀었다.

"음……."

아부의 본판을 처음으로 확인한 진진은 자신도 모르게 짧은 신음을 흘렸다. 수염이 덕지덕지 엉켜 있을 땐 산적 같아 보였는데, 그 밑에 감춰진 얼굴은 흑갈색의 피부를 지녔다 해도 상당히 잘생긴 외모였다. 중원인에 비해 선이 굵은 이목구비가 시원시원한 느낌을 주었고, 생기를 되찾은 눈은 그의 말대로 오랜 세월 수학한 학자의 분위기를 풍긴 것이다. 하지만 인종이 다르다 보니 나이를 가늠하기가 어려웠다.

"아부는 몇 살이지?"

"몇 살?"

"아, 태어난 지 얼마나 되었냐는 뜻이야."

"아……."

아부는 나이를 묻는 진진의 말에 답을 하고자 했지만, 숫자를 세는 중원 말이 익숙지 않은지 잠시 고민스러운 표정이 되었다. 그러다 양손을 들더니 손가락 세 개와 다섯 개를 펼쳐 보였다.

"서른다섯?"

진진은 생각보다 나이가 많자 살짝 떨떠름한 표정이 되었다. 지금껏 대놓고 말을 깠는데 이제 보니 자신보다 일곱 살이나 많은 것이다.

"아, 몰라. 한 번 깠으면 끝까지 까는 거지."

진진은 이제 와 나잇값 대우해 주기도 이상타 생각했는지 그냥 무시해 버리기로 했다. 주인이라고 하면서 막말하는 것은 아부도 피차일반이니 말이다.

훤칠한 키에 잘생긴 외모, 거기다 맑고 깊은 눈빛까지. 같이 다니면 시선 꽤나 끌겠다는 생각이 들자 아부에게 몇 가지 주의를 해 주기로 했다.

"아부."

"네."

"아부는 인종도 다르고 나라도 달라서 중원인들이 보면 신기해할 거야."

"네."

"그런데 그냥 신기해하고 넘어가면 괜찮은데, 혹시나 그걸 빌미 삼아서 귀찮게 하는 사람이 생길 수도 있거든."

"네."

"내가 옆에 있을 땐 문제가 없겠지만, 혼자 있을 때 그런 일이 생기면……."

"블레이드. 주십시오."

"블레이드?"

진진은 그게 뭐냐는 듯 아부를 바라봤다.

"음……."

아부는 잠시 고민하는가 싶더니 뭔가를 손에 들고 휘두르는 모습을 보였다.

"무기? 칼이나 검을 달라고?"

"칼? 검?"

진진의 말에 이번엔 아부가 정확한 뜻을 모르겠다는 표정이 됐다. 진진은 자신의 짐 안에서 박도를 꺼내 보여 줬다.

"블레이드!"

"블레이드가 칼을 말하는 거구나. 내 거는 줄 수가 없고……. 뭐, 하나 구해 보지. 호신용으로 하나 있으면 나쁘진 않을 것 같으니."

아부 스스로 학자라고 말하긴 했지만 중원의 학자들처럼 비실한 몸을 지니고 있진 않았다. 스스로 학자라고 말하지 않았다면 아부의 세계에서 무사로 살았다 해도 믿을 정도로 튼실한 몸을 지니고 있었으니 말이다.

"무기는 구해 줄 수 있지만 함부로 휘두르면 안 돼. 사람이 다치면 귀찮은 일이 생기니까."

"방어."

"그래, 방어."

진진은 아부의 말에 고개를 끄덕이더니 따라오라고 했다.

"근처에 대장간이 있는지 알아보자고."

"대장간?"

"블레이드 사고파는 곳."

"아!"

아부는 크게 고개를 끄덕이더니 곧바로 진진을 따라나섰다.

사람들에게 물어 도착한 대장간은 생각보다 규모가 컸다. 아부는 진열돼 있는 도검을 보며 눈을 반짝였지만, 마음에 드는 게 없는지 고민스런 표정이 되었다.

"왜? 마음에 드는 게 없어?"

"내가 쓰는 칼. 없다."

"당연히 없겠지. 여긴 아부 나라가 아니니까."

진진은 바랄 걸 바라라며 핀잔을 주었지만, 대장간 주인은 아부의 말에 민감한 반응을 보였다.

"뭐가 없다는 건가?"

투박한 얼굴에 고집이 가득해 보이는 대장간 주인이 다가오자 진진과 아부의 고개가 자연스럽게 돌아갔다. 언뜻 봐도 쉰은 넘어 보이는 나이였지만 몸은 근육으로 뒤덮여 이삼십 대 못지않게 튼튼해 보였다.

"아, 그게, 이 사람이 중원인이 아니다 보니."

"흥! 낙양은 아홉 왕조가 도성으로 자리 잡을 만큼 물류가 발달하고, 세상천지의 모든 문물이 흘러들던 곳이네. 중원인이든 아니든, 못 구하는 물건이 없다는 뜻이지."

"아, 네."

"말해 봐. 찾는 게 어떤 거야?"

"그게 저도 잘……. 아부, 네가 찾는 무기가 어떤 것인지 설명할 수 있겠어?"

진진의 말에 아부는 도검을 잠시 둘러보더니, 그중에 기병들이 사용하는 곡도를 집어 들었다.

"모양은 비슷. 더 얇다. 여기에 물결이 있다."

아부는 곡도를 들고 이것저것 열심히 설명을 했다. 특히 도면에 물결 모양이 있다는 부분을 이야기할 땐 굉장히 진지한 표정이 되었다.

아부의 말에 대장간 주인은 잠시 뭔가를 생각하는 표정이 되었다. 그리고 아부의 얼굴과 들고 있는 곡도를 번갈아 보며 고개를 끄덕였다.

"얇고 물결이 있는 곡도라."

"아시는 겁니까?"

진진은 대장간 주인이 아부가 말하는 무기를 아는 듯 이야기하자 관심을 보였다.

"여긴 없다. 아니, 중원에 존재하는 모든 대장간에는 없을 것이다. 하지만 만들어 줄 수는 있지."

하긴 찾지도 않을 다른 세상의 무기를 힘들여 만들어 놓을 이유가 없을 것이다. 하지만 아부가 말하는 무기를 알고 있고, 또 만들어 줄 수 있다고 하자 아부의 표정이 밝아졌다.

"주인! 내 칼. 만든다. 필요하다."

대장간 주인은 아부가 진진을 보며 주인이라고 부르자 잠시 고개를 갸우뚱거렸다. 이방인이 중원인을 주인으로 모시는 경우는 한 번도 본 적이 없기 때문이다.

진진은 아부의 행동에 미간을 찌푸렸다. 그냥 호신용으로 쓸 적당한 물건이나 구해 주려고 나왔지, 주문 제작 따위는 생각지 않았기 때문이다. 그런데 어린아이처럼 기뻐하는 얼굴을 보니 안 된다고 잘라 말하기도 쉽지 않았다.

진열된 물건과 주문 제작은 엄연히 차이가 난다. 가격도 만만치 않을 것이다.

"가격은 얼마나……."

"저 사람이 말하는 검은 최소 한 달은 투자해야 하네."

"네?"

"그것도 완벽하지는 않을 거야. 비슷하게 흉내를 내는 정도지만."

"도대체 뭘 만들기에……."

"내 예상이 맞는다면 자네 수하는 아랍 사람이겠지?"

"아랍이요?"

진진은 아랍이 뭐냐는 듯 대장간 주인을 바라봤다.

"모르는 겐가? 하긴, 나도 젊었을 때 세상을 돌다 사막 민족을 만나 알게 된 것이니. 아무튼 만들 건가, 말 건가?"

"그게 비용이……."

"금자 사십 냥만 내게. 나도 오랜만에 시도를 해 보는 데다 다마스쿠스를 만들 쇠도 검 한 자루 양밖에 없거든."

"다마스 뭐요?"

"그런 게 있다. 어쩔 거냐?"

무슨 검 한 자루 값이 금자 사십 냥이나 한단 말인가.

금자 한 냥이 은자 이십 냥이다. 그렇다면 칼 한 자루 만드는 데 은자가 팔백 냥이나 든다는 소린데, 현재 자신이 가진 재산을 탈탈 털어도 한참이 부족했다. 아니, 아부와 함께 쌍으로 돈을 벌어도 그 정도 금자를 만지려면 얼마가 걸릴지 알 수 없었다.

"없었던 일로 하시죠."

진진은 단번에 고개를 저었다.

"주인. 아부 칼 필요하다."

"주인? 말만 주인 주인 하지, 강도가 따로 없네. 웃기지 마. 은자 세 냥짜리 검도 사 줄까 말까 하는데. 금자 사십 냥이면 나 혼자 십 년은 놀고먹겠다."

진진이 꿈도 꾸지 말라는 듯 선을 그어 버리자 아부는 안타까운 표정을 지었다. 그러나 주인이 안 된다는데 고집을 피울 수도 없으니 이쯤에서 포기를 해야 했다. 금자 사십 냥이 어느 정도 가치를 지녔는지는 알지 못했지만, 진진의 표정을 보아 엄청난 거금임은 이해한 것이다.

진진은 아부가 쓸쓸한 표정으로 고개를 숙이자 근처에 있던 박도 한 자루를 집어 들었다.

"이건 얼맙니까?"

"박도? 은자 두 냥만 내."

"아니, 무슨 박도가 은자 두 냥씩이나 합니까. 한 냥에 주세요."

"무슨 박도? 지금 내가 만든 박도를 무시하는 거냐?"

검을 만들지 않겠다는 진진의 말에 시큰둥한 표정을 짓고 있던 대장간 주인은 얼굴에 핏대까지 세우며 언성을 높였다.

"아, 그렇잖아요. 청강검도 은자 세 냥이면 사는데, 박도를 두 냥이나 받는 사람이 어디 있습니까?"

"여기 있다! 사기 싫으면 꺼져."

대장간 주인은 더 이상 상대할 맘이 없다는 듯 그대로 등을 돌려 버렸다.

"흥정도 안 해 줍니까?"

진진은 매정하게 돌아서 버리는 대장간 주인을 보며 너무하는 것 아니냔 표정을 지었다.

"너야말로 목숨 줄 유지해 줄 무기를 사면서 그게 할 짓이냐!"

대장간 주인은 흥정 같은 소리 하지 말라며 버럭 소리를 질렀다.

"아, 진짜! 안 팔면 그만이지, 왜 소리를 지릅니까?"

"너야말로 안 사면 그만이지, 왜 내 물건을 박도 따위라고 말하는데!"

"……."

진진이 잠시 할 말을 잃고 멍하니 서 있자 대장간 주인이 다시 입을 열었다.

"풀무질 한번 안 해 본 놈들이 꼭 아는 척하고 지랄이야."

진진은 대장간 주인의 거친 말투에 슬슬 꼭지가 돌기 시작했다. 힘 좀 쓰는 무림인 앞에선 꼼짝도 못할 양반이 저리 나오는 것은 자신이 만만해 보여 하는 행동이라는 생각이 들었기 때문이다.

"해 봤거든요!"

"웃기고 있네."

"증명해 볼까요?"

"증명?"

"네. 제가 풀무질 따위는 얼마든지 해 본 놈이라면 한 냥에 박도를 주십시오."

"오냐. 어디 한 번 해 봐라."

대장간 주인은 도검이 진열돼 있는 매장을 나와 대장간이 있는 옆 건물로 걸음을 옮겼다. 진진도 어디 누가 이기나 해 보자는 듯 대뜸 대장간 안으로 따라 들어갔고, 뭐가 어떻게 돌아가는지 모르겠다는 듯 아부는 눈만 껌뻑이다 급히 진진을 따라나섰다.

물건을 진열하고 파는 곳과 달리 대장간 안은 분위기부터가 달랐다. 겉에서 보기도 작지 않은 규모라 생각했는데, 안으로 들어가니 진진의 예상보다 더 큰 규모를 지니고 있었다. 후끈거리는 작업 공간에 대장간 주인이 나타나자 망치질에 여념이 없던 수십 명의 사람들이 일제히 허리를 숙였다.

진진은 자신도 모르게 순간적으로 압박당하는 느낌을 받았다. 이제 보니 이곳은 진진이 생각했던 평범한 대장간이 아닌 것 같았다.

'내가 실수한 건가.'

진진은 순간적으로 별것도 아닌 일에 왜 자신이 그리 흥분을 했는지 이해가 되지 않았다. 제작 비용이 비싸면 안 만들면 그만이고, 물건값이 안 맞으면 안 사면 그만이다. 그런데 대장간 주인의 도발에 덜컥 걸려든 모양새가 된 것이다.

'아부 때문이다. 한시를 쉬지 않고 달달 볶였더니 나도 모르게 신경이 곤두서 있었어.'

진진의 변화를 눈치챈 대장간 주인이 틈을 주지 않겠다는 듯 곧바로 입을 열었다.

"풀무질을 보여 주겠다고 했지?"

"네, 뭐."

"좋아. 내가 만든 박도가 어떤 풀무질로 제작되는지 먼저 시범을 보여 주지. 네가 그 불꽃을 피워 낼 수 있다면 박도는 물론이고, 저 이방인이 원하는 물건도 무상으로 만들어 주마."

"아니, 딱히 그럴 필요는……."

진진은 거기까지는 원하지 않는다며 발을 빼려고 했다. 금자 사십 냥짜리 칼을 그냥 내놓겠다고 할 정도면, 자신이 생각하는 풀무질과 대장간 주인이 말하는 풀무질은 완전히 다른 것일 가능성이 높았다. 자칫하면 덤터기를 쓸 수도 있다는 생각이 든 것이다.

"사내가 한 입으로 두말하면 개자식이지."

"……."

"그리고 모든 거래는 서로가 납득할 만한 조건이 따르기 마련. 네가 풀무질을 해낸다면 다 내주겠지만, 만에 하나 실패한다면!"

"……."

"은자 두 냥과 금자 마흔 냥어치의 노동력을 제공해야 할 거다."

"싫습니다."

진진은 고민할 필요도 없다는 듯 곧바로 고개를 저었다.

"싫어?"

"이기면 박도를 은자 한 냥에 구하는 것이고, 지면 제값을 주고 살 뿐입니다. 그 이상도 이하도 응하지 않겠습니다."

진진은 재빨리 본래 취지를 이야기하며 그런 조건엔 응

하지 않겠다고 했다. 만에 하나 대장간 주인이 보여 준 풀무질을 성공하지 못한다면 평생을 이곳에서 허드렛일이나 할 수도 있는 것이다. 미치지 않은 이상 그런 조건의 내기를 할 이유가 없었다.

거기다 박도는 물론이고 물결무늬 칼도 자신의 것이 아닌 아부가 원하는 것이다. 은혜를 갚겠다며 주인으로 모시겠다는 놈을 위해 대장간 노예로 산다고? 개풀 뜯어 먹는 소리만도 못했다.

'아니지. 굳이 내가 대장장이로 늙을 필요는 없는 거 아닌가?'

진진은 문득 자신이 아니더라도 대장간 노예로 늙어 죽을 대상이 있다는 것을 상기했다.

"수하가 쓸 칼을 구하기 위해 주인이 노예가 될 수는 없는 일이죠."

"무슨 의미냐?"

"어차피 박도를 사든 물결무늬 칼을 만들든 제 것이 아니란 말입니다. 그런 내기는 당사자가 해야 맞지 않겠습니까?"

"흠."

대장간 주인은 그것도 틀린 말은 아니라는 듯 대장간 안을 두리번거리고 있는 아부를 바라봤다. 확실히 진진보다 힘도 좋아 보이고, 일도 잘하게 생겼다. 거기다 다마스쿠스를 직접 알고 원하는 자이니 어쩌면 예기치 못한 도움을 받을 수도 있다는 생각이 들자 고개를 끄덕였다.

"당사자가 원하지 않으면 어쩔 것인가?"

"노예 놈이 주인에게 파산을 요구하는데 나라고 못할 게 뭡니까. 아부!"

"네, 주인."

"네 검을 만들 방법이 생겼다."

"아! 진짜?"

"그래. 그런데 조건이 있다."

"조건. 말해라. 아부 좋다."

"대장간 주인이 풀무질을 할 거야."

"풀무질?"

아부는 그게 뭐냐는 듯 진진을 바라봤다.

"그냥 대장간 주인이 한 것을 너도 하면 돼. 똑같이 하면 칼이 생긴다."

"아, 따라서 하면 된다."

"그래. 똑같이 하면 칼이 생긴다."

아부는 흡족한 표정을 짓다가 불안한 표정으로 바뀌었다.

"실패하면?"

"여기서 칼값만큼 일을 하면 된다."

"여기서 일?"

"그래. 그리 오래 걸리진 않을 거야. 아부는 아는 게 많으니 어쩌면 조금만 일을 해도 될지 모르지."

"알았다. 한다!"

진진과 아부의 대화를 지켜보고 있던 대장간 주인이 실소를 지었다. 이제 보니 젊은 놈을 주인이라 부르는 아랍 이방인은 제 주인이 어찌 되든 칼만 받으면 그만인 놈이고, 주인이라는 놈은 딱히 이방인을 위해 뭔가를 할 생각이 없는 놈이었다. 말만 주인이고 노예지, 둘 사이에 끈끈함 따위는 존재치 않다는 것을 눈치챈 것이다.

진진은 아부가 흔쾌히 고개를 끄덕이자 흡족한 표정이 되었다. 성공하면 그만이고, 실패해도 지긋지긋한 혹을 떨구고 갈 수 있으니 일석이조가 된 것이다. 목숨을 살려 주니 봇짐 내놓으라고 떼쓰는 놈이다. 그럭저럭 말동무도 나쁘지 않다 생각했지만 며칠간 하는 짓을 보니 두고두고 문제를 일으킬 놈이었다. 이렇게 기회가 왔을 때 헤어지는 게 좋았다.

"그럼 동의한 것으로 보겠네."

"네. 저야 아부가 한다고 하니 방법이 없지 않겠습니까?"

진진은 어디까지나 본인의 선택에 의한 것일 뿐, 자신은 아무런 상관이 없다고 했다.

"뭐, 그러시겠지."

대장간 주인은 진진의 대답에 황당한 놈이라 생각하며 피식 웃어 버렸다.

"그럼 풀무질을 하러 가 볼까?"

대장간 주인은 열기가 가득한 공간을 지나 더 안쪽으로

들어갔다.

"이곳에도 화로는 충분한 것 같은데 어디까지 가는 겁니까?"

"여기 있는 것들은 홍화나 피우는 용도다."

진진은 대장간 주인의 말에 설마 하는 표정이 되었다. 정식으로 대장장이에 입문해 기술을 수련하진 않았지만 타로 숙부의 교육을 충실히 이행한 진진이다.

풀무질을 통해 만들어 낼 수 있는 불꽃은 모두 세 가지. 보통 대장간에서 사용하는 홍화가 첫 번째고, 그 이상으로 열을 올려 피워 내는 청화가 두 번째다. 경지에 오르면 백화를 피워 못 녹이는 금속이 없다고 하지만, 그건 동영은 물론 중원에서도 쉽지 않은 기술이라고 했다.

열을 올리기 위해 들어가는 재료 자체가 극히 소수의 전수자들에게만 전해지고 있기 때문에, 사실 눈앞에서 백화를 피워 올리지 않는 이상 그 기술을 보유하고 있는지 확인할 방법이 없다고 했다. 청화만 피워도 대장장이들 사이에선 칭송을 받을 정도라 했고, 그 정도는 되어야 운철을 다룰 수 있는 능력을 보유했다고 봤다.

"청화라도 피울 생각이십니까?"

"호, 귀동냥은 하고 다녔나 보군."

대장간 주인은 청화라는 단어가 흘러나오자 클클거리며 웃음을 보였다.

'저 기분 나쁜 웃음은 뭐야. 청화만 해도 놀랄 지경인데 백화라도 피우겠다는 거냐.'

진진은 고집불통에 신경질적인 대장장이가 그 정도 능력자라는 걸 믿고 싶지 않았다.

'뭐, 백화를 피우든 청화를 피우든 더 이상 내 알 바 아니지만.'

어차피 결과에 승복하는 건 아부와 대장간 주인 사이의 일이다. 자신은 구경이나 하다 갈 길 가면 그만이었다. 금자 마흔 냥어치 일을 하든, 아니면 물결무늬 칼을 만들어 내놓든 어차피 두 사람이 서로 배를 째는 일인 것이다.

진진은 신이 난 얼굴로 대장간 주인을 따라가고 있는 아부를 바라보며 한숨을 내쉬었다. 기껏 살려서 대장간 주인 좋은 일 시킨다는 생각에 은근히 배가 아팠다. 그러고 보니 아부는 내가 갖기는 불편하고 남 주기는 아까운 계륵 같은 놈이란 생각이 들기도 했다.

제3장

아부 바크르(Abu Bakr)

 맘루크 왕조는 특이하게 노예가 술탄이 되어 세운 이집트 지역의 이슬람 왕국이다. 맘루크(Mamluk:مملوك)는 남자 노예를 뜻하는데 터키, 시르케시, 비잔틴, 쿠르드, 슬라브 출신의 노예를 말한다. 맘루크는 대부분 어린 시절부터 노예가 되어 군인으로 길러지며, 성장하면 이슬람으로 개종을 했다. 개종과 동시에 노예 신분에서 해방은 되지만 자신을 양육한 주인에 대해 절대적 충성을 다했다.

 아부 바크르 역시 어린 시절부터 노군(奴軍)으로 길러졌고, 개종을 하면서 술탄의 수족이 되었다. 다른 이들과 달리 머리가 영리했던 아부 바크르는 술탄의 총애를 얻어 열여덟 살에 학자의 길을 갈 수 있게 되었다.

지식에 대한 욕심이 많았던 술탄은 그에게 세상의 모든 지식을 모으라는 명령을 내렸고, 스무 살이 되던 해 호위를 이끌고 대장정에 올랐다. 종교와 철학에 관심이 많았던 아부는 이슬람 왕조는 물론 동방정교회를 따르던 비잔틴 문명을 거쳐 유럽으로 넘어갔고, 다양한 신과 전설이 존재하는 지중해 역시 탐방을 했다. 십여 년에 걸친 대장정은 무굴 제국에서 마무리되었고, 그간 습득한 지식을 정리하기 위해 고국으로 돌아갔다.

아부 바크르가 고국으로 돌아가 집필을 시작할 쯤 기세를 크게 떨쳐 외부로 확장 중이던 오스만투르크 제국이 침공을 해 왔고, 맘루크 왕조는 결국 멸망을 하고 말았다.

끈 떨어진 연 신세가 된 아부 바크르는 오스만 제국의 노예가 되어 끌려갔고, 그곳에서 오 년간 노예 생활을 해야만 했다. 아부 바크르는 비록 노예가 되었어도 그가 지닌 학문과 이슬람교도임을 인정받아 비참한 생활은 면할 수 있었다. 오스만 제국의 최전방을 책임지는 장군의 시종이 되어 기록관으로 종군한 것이다.

그러나 수시로 전투가 벌어지고 크리스트교와 충돌이 멈추지 않는 지역에 있다 보니 위험천만한 생활에 시달렸고, 결국엔 다시 적국의 노예로 전락했다. 적국 상선에 실려 팔려 가던 중 폭풍을 만나 좌초됐는데, 운 좋게 살아남았지만 해적들 손에 붙잡혀 다시 팔려 가는 신세가 됐다.

해적들은 아부 바크르를 동방제국에서 온 자들에게 팔아넘겼는데, 그는 동방제국 황제의 명을 받아 항해에 나선 고위 관료였다. 수염도 없고 매끈한 얼굴의 남자였는데, 하는 짓이 요상해 꼭 여자 같은 느낌을 주는 자였다.

아부는 노예가 될 때마다 자신의 가치를 높여 이왕이면 좋은 주인을 만나고자 노력했지만, 이상하게도 이번만큼은 그러고 싶지가 않았다. 동방제국의 말을 알아듣지는 못했지만 다른 노예들이 수군거리는 소리를 들어 보니 그가 남색을 즐긴다는 말이 있었기 때문이다. 비록 나라를 잃고 노예로 전락은 했지만 자신은 이슬람의 전사이자 학자였다. 이교도의 성욕이나 채워 주는 남창이 될 수는 없는 일이었다.

결국 보통의 노예들과 마찬가지로 특별한 재주가 없는 자로 분류가 됐고, 동방제국에 도착하자 노예시장에 던져졌다. 특이한 인종을 노예로 부리려는 자들에게 높은 금액으로 팔고자 한 것이다.

아부를 처음 산 자는 그를 노예로 부리기 위해서가 아니라 다른 이들에게 더 비싼 값에 팔아넘기는 노예 상인이었다. 아부의 특이한 피부색과 이목구비를 보자 호기심을 보인 그는 동방제국의 수도에 가서 팔기로 결정을 했고, 수하들에게 이송을 맡겼다.

그렇게 얼마나 이동을 했을까. 갑작스럽게 공격을 해 온

약탈자들에게 책임자들이 죽임을 당하고 이송 중인 노예들은 모두 그들의 차지가 되었다. 아부는 전투가 벌어지자 곧바로 도망을 쳤기에 그들의 손을 벗어날 수 있었지만, 이국 만리에서 그가 할 수 있는 건 아무것도 없었다.

산속을 헤매고 헤매다 탈진해 쓰러졌고, 죽음만 기다리는 신세가 됐다. 처음엔 누구라도 좋으니 자신을 구해 주면 충성을 다해 주인으로 모시겠다는 생각을 했다. 그러나 아무리 시간이 흘러도 산속 샛길을 지나가는 사람은 한 명도 없었다. 그러자 이번엔 누가 되었든 자신이 살아나기만 하면 다 죽이고 자신도 죽겠다는 생각을 했다. 노예로 시작해 노예로 이어진 자신의 삶에 분통이 터졌기 때문이다. 그러나 당장 숨이 넘어갈 판인데 그런 일이 가능할 리가 없었다.

목숨이 경각에 달리자 다시 생각이 바뀌었다. 그리고 죽음을 목전에 둔 바로 그때 알라의 뜻이 그에게 전해졌다. 어딘지 멍청해 보이는 진진이라는 놈이 나타나 자신의 입에 물을 부어 준 것이다.

자신을 구해 준 대상이 위협적이면 바짝 엎드리고, 그게 아니라면 살살 구슬려 이국에서 살아갈 방법을 찾기로 했다.

한참을 기절한 척 눈치를 살피던 아부는 자신을 구해 준 사람이 나이가 어리고, 아직 세상 경험이 많지 않다는 생각을 했다. 경계심보단 호기심이 강하다는 건 젊음의 특권이

자 망조의 지름길임을 잘 알고 있기 때문이다.

아부는 어느 정도 몸을 추스르자 자신의 계획을 실행에 옮겼다.

"주인! 은혜!"

아니나 다를까. 은혜를 갚겠다며 주인으로 모신다고 하니 당황한 기색이 역력했다. 어찌해야 할지 결정을 못 내리고 어정쩡한 태도를 보인 것이다. 이런 놈이라면 적당히 붙어 다니면서 조금만 구슬리면 자신이 원하는 것을 이룰 수 있다는 생각이 들었다.

아부는 알라의 뜻을 내세우며 미친 듯이 진진을 쫓아다녔고, 결국 동행에 성공했다. 문물도, 이 세상에 대한 정보도 없는 자신이 살아남을 방법은 단 하나. 쓸 만하면서 어리숙한 놈을 방패 삼아 자신을 지키는 것이다.

처음엔 불편해하고 귀찮아하더니 조금은 사람 취급을 하기 시작했다. 사람들이 사는 곳에 도착하니 목욕도 시켜 주고, 옷도 챙겨 줬다. 하긴 주인이라면 당연히 자신의 노예를 입히고, 먹여야지.

이곳의 말에 익숙해지고, 물가나 생활 방식을 알게 되면 기회를 봐서 진진의 주머니를 탈탈 털기로 마음먹었다. 자신을 구해 준 것은 고마우나, 하필이면 세 번째 맹세를 할 때 자신과 만났다는 점이다. 처음에 충성을 맹세할 때 구해 줬으면 그를 주인으로 삼았을 것이고, 두 번째 맹세 때 자신을 구했다면 벌써 동반 자살을 했을 것이다. 하지만 세 번째 맹세는 전혀 달랐다. 자신을 구해 준 누군가를 위해 맹세를 한 것이 아니라 자신을 위해 맹세를 했기 때문이다. 거짓말을 하든 사기를 치든 수단과 방법을 가리지 않고 어떻게든 살아남기로 한 것이다. 스스로 노예를 벗어나 자유인이 되겠다 맹세한 것이다.

그러기 위해서 수단과 방법을 가리지 않겠다 했으니 앞으로 벌어지는 일은 어쩔 수 없는 일이고, 인샬라가 될 뿐이다. 아부는 진진이라는 놈이 재수가 없었을 뿐이라 생각했다. 어리숙해 보이는 진진을 이용해 자신의 맹세를 지켜 내기로 했다. 그리고 그 시작은 자신을 지킬 수 있는 전사로서의 힘을 되찾는 것에서 출발해야 했다. 힘이 있어야 억지라도 부릴 수 있다는 것을 잘 알고 있기 때문이다.

아부는 가끔 불편한 상황이 됐다 싶으면 진진에게 최대한 불쌍한 표정을 지었다. 다년간 노예 생활에서 얻어진 아부만의 필살기다. 적국의 잔인한 노예 상인도 이 표정 때문에 채찍을 들지 못했다. 하물며 얼빠진 어린애 하나 요리를 못할까.

'크크크! 역시나 나의 맑고 청명한 눈빛에 슬픔이 어리니 이놈도 거부를 못한다. 그럼 그렇고말고. 어디서 감히 이 아부 바크르 님에게 거부 따위를 할 수 있겠는가! 자! 어서 내 무기를 챙겨 오거라. 나에게 명검을 바치고, 나를 위해 부

지런히 생산 활동에 전념하란 말이다.'

대장장이의 입에서 다마스쿠스란 말이 튀어나왔다.

이국땅에서 이슬람의 명검을 구할 수 있다니 아부는 놀라움을 금치 못했다.

그런데 주인이라는 놈이 쩨쩨하게 굴자 부아가 치밀었다. 비싸면 얼마나 비싸다고, 이왕 데리고 다니기로 했으면 투자도 하고 그러는 것이 주인의 의무라 생각했다. 당연히 자신의 처지나 입장은 전혀 고려치 않는 생각들이었지만, 오로지 자신만을 위해 살기로 마음먹은 아부에겐 진진의 피해 따윈 전혀 고려 대상이 아니었다.

뭔가 대화가 오가더니 조건이 걸렸다. 잘만 하면 다마스쿠스가 공짜로 손에 들어올 것만 같자 아부는 설레는 마음이 되었다.

'무기만 손에 들어오면 다들 각오하는 게 좋을 거다. 이슬람 전사가 얼마나 무서운지 제대로 보여 줄 테니 말이다. 크하하하하!'

✠ ✠ ✠

"여기다."

대장간 주인이 진진과 아부를 데려온 곳은 밖의 공간과 달리 완전히 개인을 위해 준비된 공간이었다. 쇠를 녹이는

아부 바크르(Abu Bakr)

화로 역시 형태가 달랐고, 불꽃을 피우기 위해 준비된 재료도 숯이 아닌 검은 돌이었다.

'돌에 불을 붙인다고?'

 진진은 신기한 눈빛을 보였지만 밖으로 자신의 마음을 드러내진 않았다. 이제부터 궁지에 몰릴 사람은 자신이 아니라 찰거머리 아부였기 때문이다. 자칫 여기서 못하겠다고 물러서기라도 하는 날엔 저 혹덩이를 계속 달고 다닐 수도 있기 때문이다.

"아부, 잘 지켜봐. 저 사람이 하는 것을 그대로 재현해야 돼. 그래야 네가 원하는 검을 얻을 수 있어."

"할 수 있다!"

 아부의 자신만만한 태도에 진진은 웃음을 보일 뿐이다. 괜히 걱정스런 눈빛으로 아부에게 불안감을 심어 줄 필요가 없었다.

"그럼 서로 간에 차후 문제가 없도록 수결을 먼저 하지."

 대장간 주인은 자신의 책상에서 종이 한 장을 꺼내더니 휘갈기듯 내기 내용을 적어 넣었다.

"자, 이곳에 수결을 해라."

 대장간 주인이 종이를 내밀자 진진은 내용을 확인했다.

"좋군요. 아부, 여기에 손도장을 찍어."

"찍어? 뭘?"

"네가 이기면 칼을 준다는 문서다."

진진은 아부의 손에 먹을 묻혀 대장간 주인이 수결한 부위에 손도장을 찍었다. 대장간 주인은 종이를 받아 챙기더니 흡족한 얼굴이 됐다.

"나의 풀무질을 보여 주마."

대장간 주인은 불붙은 숯덩이를 화로에 올리고, 그 위에 검은 돌을 쌓아 올렸다. 그리고 본격적으로 풀무질이 시작됐다. 잠시 뒤 홍화가 피어오르고, 조금 더 시간이 지나자 검은 돌에 불이 붙더니 청화가 피어올랐다.

"호……."

진진은 신기한 표정으로 감탄사를 내뱉었다. 불붙는 돌이 존재한다니 놀라울 따름이다.

대장간 주인은 화로에서 불붙은 돌을 걷어 내더니 자리를 내주었다. 자신 있으면 해 보라는 뜻이다.

"아부, 네 차례다."

"나도 보여 준다!"

아부는 성큼 앞으로 나서더니 숯을 올리고 불을 댕겼다. 그리고 숯에 불이 붙자 검은 돌을 올리고, 대장간 주인이 했던 것처럼 화력을 높이기 시작했다. 그러나 아무리 노력을 해도 홍화만 피어날 뿐 청화는 눈곱만큼도 보이질 않았다. 계속되는 풀무질에 아부의 얼굴이 땀으로 범벅이 되었지만 여전히 청화가 나타날 조짐은 없었다.

"사기다!"

아부는 풀무질을 멈추더니 버럭 소리를 질렀다. 그러나 대장간 주인이 다시 화로 앞으로 걸어가 풀무질을 시작했다. 그리고 얼마 뒤 홍화가 약해지며 청화가 피어올랐다.

아부는 믿을 수 없다는 눈빛으로 화로를 노려봤다.

"내기는 내가 이긴 것 같군."

"네, 아부가 졌네요."

진진은 당연히 그럴 줄 알았다는 듯 고개를 끄덕였다.

"아부, 너무 걱정하지 마. 내기엔 졌어도 칼은 얻을 수 있잖아."

"좋다. 졌다. 약속 지킨다."

아부는 자신의 칼만 얻을 수 있다면 무슨 일이든 할 수 있다는 표정을 지었다.

"그럼 나는 이만 가 봐야겠다."

진진은 더 이상 이곳에 있을 이유가 없다는 듯 발길을 돌렸다. 그러자 아부가 눈을 동그랗게 뜨며 진진의 앞을 막아섰다.

"주인. 가면 안 된다."

"무슨 소리야?"

"아부. 칼 받으면 주인과 함께 간다."

"아부."

"말해라."

"내가 만만해 보여?"

"만만? 무슨 말인지 모른다. 나는 염병한다!"

"염병을 하든 지랄을 하든, 네 칼을 받고 싶으면 저 양반 말을 잘 들어."

"하지만 아부는 주인과 함께한다."

아부는 연신 불안한 눈빛으로 진진과 대장간 주인을 바라봤다.

"칼 구하면 그때 같이 다니면 되잖아. 네가 일하는데 나까지 여기 묶여 있으면 그게 더 이상한 거 아닌가? 나는 주인, 너는 내 노예. 노예는 주인을 힘들게 하면 안 되지."

"힘들게 안 한다."

"그래. 그럼 칼 받은 다음에 염병을 해. 그럼 지랄을 해도 받아 줄게."

"좋다. 기다려라. 금방 간다. 가서 지랄 염병하겠다."

진진은 더 이상 말하기도 귀찮다는 듯 알아서 하라며 밖으로 걸음을 옮겼다.

옆에서 두 사람의 대화를 지켜보고 있던 대장간 주인은 한동안 어이없는 표정을 지었지만, 일단 상황이 일단락되자 두 사람 사이의 관계는 신경 쓰지 않기로 했다. 지랄을 하든 염병을 하든 자신은 힘 좋고 말 잘 듣는 일꾼만 있으면 그만이다. 종종 무효를 외치며 난동을 피우는 놈들도 없진 않지만 적당히 타이르면 된다. 천하제일의 대장간이자 무림 방파로 이름을 날리고 있는 철기방에서 억지를 부렸다간 뼈다귀가 노곤해질 정도로 매타작을 맞을 것이니 말이다.

 억지대마왕 아부 바크르를 떼어 놓고 나오자 속이 다 후련해졌다. 제갈미령과 헤어질 때도 이 정도는 아니었던 것 같으니, 며칠 사이에 아부 때문에 받은 중압감이 적지 않았던 모양이다.
 제갈미령이 꽉 막힌 점이 있긴 했지만, 자신의 오라비인 제갈진수와 관계된 부분이 컸었다. 그 때문에 더 이상 손을 쓰지 않고 싸움을 피했던 점도 있었다. 하지만 아부는 절대 아니었다. 이대로 더 있다간 결국엔 참지 못하고 손을 쓰고 말았을 것이다.
 "세상에 나온 지 얼마나 됐다고 저런 거지 같은 놈까지 얽혀 드는지."
 처음엔 은혜를 갚겠다며 무릎을 꿇는 아부의 모습에 적지 않게 당황을 한 것도 사실이다. 하지만 한 나라의 왕을 모시던 학자가 목숨 좀 구함 받았다고 죽기 살기로 주인으로 모시겠다니, 진진의 상식으로는 받아들일 수가 없었다. 아니, 의심만 잔뜩 늘어났다고 보는 게 정확할 것이다.
 일단 자신이 살린 목숨이니 두고 보긴 했지만 하는 짓을 보면 말만 주인이지, 철저히 저 편한 대로 행동하는 개싸가지였다. 술탄이라는 왕은 어찌 모셨는지 모르겠지만 적어도 자신에게 한 것처럼 행동하진 않았을 것이다. 한마디로 자신을 만만하게 봤다는 뜻이다.

어차피 대장간에 던져 놓지 않았다 해도 조만간 손을 봐 줄 생각이었지만, 이렇게 정리되는 것도 나쁘지 않다는 생각이 들었다. 툭하면 사람 패는 짓도 자주 하면 습관이 될 수 있기에 되도록 순리대로 푸는 게 자신에게도 좋았다. 그럴 때마다 형 부르고 아빠 부르며 가족이 떼로 몰려와 진상을 피울 것인데, 자신이 아무리 잘나고 야무지다고 해도 피곤에 절어 사는 건 사절이었다. 아부도 죽도록 두들겨 맞고 질질 싸느니, 기술도 배우고 먹고 잘 곳도 생기는 게 백배 나을 것이다.

"아, 홀가분해. 찰거머리 떨어진 기념으로 오랜만에 제대로 된 식사 좀 해야겠다."

처음 무관을 떠나올 때보다 돈이 더 풍성해진 진진이다. 밥값 때문에 돈 걱정해야 할 정도는 아닌 것이다.

제갈 남매와 얽히면서 챙겨 놓은 은자도 적지 않고, 포목점 주인이 챙겨 준 전표도 무려 은 백 냥짜리다. 은자 한 냥에 전전긍긍하며 살아야 했던 무관 생활과 비교하면 하늘과 땅만큼 차이가 생긴 것이다.

객잔으로 돌아간 진진은 진수성찬을 받아 놓고 느긋하게 술까지 즐기기 시작했다. 그간 노숙을 하며 쌓인 피로도 풀고, 한 삼 일 낙양을 구경하다 북경으로 이동하면 자신의 여

정도 대충 마무리가 될 것이다. 철기방에 남겨진 아부가 계약 무효를 외치며 대형 사고를 치기 시작했다는 것은 꿈에도 모른 채, 그렇게 즐거운 마음으로 식도락에 빠져들었다.

✠ ✠ ✠

 기술도 배우고 잘 먹고 잘 살 거라는 진진의 생각과 달리 아부는 시작부터 문제를 일으켰다.
 "아부. 칼 먼저 받는다."
 "일부터."
 "아부는 받고 일한다."
 "좋다. 하지만 칼을 만드는 데 한 달은 필요하다."
 "한 달?"
 "잠을 서른 번은 자야 한다는 소리다."
 대장간 주인은 아부가 중원어에 익숙지 않다는 것을 알고 있기에 손까지 동원해 설명을 해 주었다.
 사실 말도 잘 통하지 않는 아부를 순순히 내기 조건으로 받아들인 것은 그가 다마스쿠스 검을 알고 있다는 점이 컸다.
 과거 사막 민족의 대장장이를 통해 경험을 하고, 그 기술을 익히기 위해 노력했지만, 그들이 자신들의 비법을 순순히 알려 줄 리가 없었다. 과거 짧은 경험이었기 때문에 아쉬움을 담고 살았는데, 다마스쿠스를 잘 아는 자가 나타나니 탐이 났다. 비록 비법을 알지 못하고 있다 해도 다마스쿠스를 사용하고 다뤄 본 자라면 자신의 연구에 적지 않은 도움이 될 것이다.

철기방이 중원제일의 대장간으로 이름을 떨치곤 있지만, 사막 민족의 다마스쿠스 검에 비하면 몇 수 떨어진다는 것을 잘 알고 있었다. 만약 다마스쿠스를 제련하고 만들 수 있는 방법만 제대로 알아낸다면 철기방은 단순히 대장장이들의 문파가 아니라 제대로 된 무림 문파로 우뚝 설 것이다. 부족한 무공을 무기로 채워 넣을 수 있기 때문이다.

물론 기술을 완성한다고 해도 자신이 알고 있는 다마스쿠스 검은 한 자루밖에는 만들지 못할 것이다. 다마스쿠스 강이라 불리는 쇠의 분량이 그 정도밖에 없기 때문이다. 사막 민족의 부락을 도망쳐 나올 때 몰래 훔쳐 온 것이다.

지금껏 그 쇠를 다룰 방법을 몰라 묵혀 두고 있었지만, 아부란 자를 이용한다면 시간을 두고 충분히 제련할 수 있을 것이다. 그리고 그렇게 완성된 기술은 중원의 도검에 적용이 될 것이고 말이다.

"아! 그럼 한 달 일하면 칼 받는가?"

"칼값을 하려면 오 년은 일해야 한다."

"오 년?"

"한 달을 육십 번 지내면 된다."

아부 바크르(Abu Bakr) • 65

이번에도 손을 동원해 기간을 알려 줬다.

"노(No)!"

아부는 말도 안 되는 소리라며 언성을 높였다.

"이놈 봐라. 지금 약속을 어기겠다는 거냐?"

대장간 주인, 아니 철기방의 방주 원해룡은 아부가 수결한 문서를 꺼내 들고 인상을 썼다.

"칼 필요 없다. 아부 일 안 한다!"

다마스쿠스가 탐나긴 하지만 대장간에서 쇠나 두드리며 세월을 보낼 수는 없었다. 자신의 계획은 하루라도 빨리 한몫 챙겨서 자유인이 되는 것인데, 이번엔 대장간 노예라니 이게 무슨 소리란 말인가!

아부는 대장간 주인 손에 들려 있는 종이를 빼앗아 찢으려 했다. 그러나 대장간 주인이 그리 쉽게 문서를 빼앗길 인간이 아니다. 그리고 오늘 같은 일이 처음 있는 것도 아니었기에 어찌 다루면 말을 잘 듣는지도 알고 있었다.

"약속을 어기면 감옥에 간다."

"감옥? 감옥… 가… 감옥!"

처음엔 무슨 소린가 싶어 고개를 갸웃거리던 아부가 자신을 가둬 놓겠단 말을 이해하고 펄쩍 뛰었다.

"아부 주인에게 간다! 일 안 한다. 칼 필요 없다!"

"누구 맘대로."

대장간 주인은 벽에 달려 있는 줄을 가볍게 당겨 주었다.

그러자 울퉁불퉁한 근육으로 뒤덮인 대장장이들이 우르르 몰려왔다.

"방주님, 무슨 일이십니까?"

"오 년짜리 일꾼이다. 데려가."

방주의 말에 대장장이들은 무슨 일이 있었는지 곧바로 알아차렸다. 자주는 아니지만 방주가 매장에 나가는 날이면 이런 놈들이 꼭 하나씩 걸려들었기 때문이다.

"끌어내!"

"이리 와!"

대장장이들이 살벌한 표정으로 다가오자 아부는 일이 단단히 틀어졌음을 깨달았다. 자칫하다간 평생 이곳에서 못 벗어날 수도 있다는 생각이 들었다. 아부는 주변에 쌓여 있던 도 한 자루를 급히 집어 들었다.

"하, 이놈 봐라. 지금 철기방에서 무기질을 하겠다는 건가?"

대장장이들은 잔뜩 긴장한 아부를 보고 껄껄거리며 웃음을 터트렸다. 그리고 밖으로 나가더니 각자 무기를 챙겨 들고 다시 안으로 들어왔다. 그들의 손엔 거대한 도끼와 송곳이 튀어나와 있는 쇠망치가 들려 있었다.

"워 해머! 배틀 액스!"

아부는 대장장이들의 무기를 보더니 더욱 경각심을 높였다. 배틀 액스나 워 해머는 크리스트교 기사들이 상대를 짓이기기 위해 사용하는 무기였다. 한마디로 부상을 입히거나 사로잡기 위한 무기가 아니라 박살을 내기 위해 사용하는 무기다 보니 스치기만 해도 병신이 되는 경우가 태반이었다.

하지만 자신 역시 수없이 많은 전장을 돌며 그들과 싸워 왔던 이슬람 전사다. 워 해머나 배틀 액스가 무시무시하긴 하지만 약점이 없는 것도 아니다. 크고 무거운 것은 당연히 느려지기 마련. 빠른 속도로 치고 나가면 이기진 못해도 도망은 칠 수 있을 것이다.

아부는 도 날에 손가락을 베더니 도면에 급히 괴이한 문자를 그려 넣었다.

느긋한 표정으로 상황을 지켜보고 있던 대장간 주인의 눈에 이채가 스쳤다. 이젠 기억이 가물가물하지만, 자신이 젊었을 적 만났던 사막 민족의 전사들도 아부와 비슷한 행위를 하는 자들이 있었음을 떠올린 것이다.

내공을 수련하고 그 기운을 무기나 손발에 싣는 중원인과 달리, 서역엔 괴이한 술법들이 많이 존재했다. 아부가 보여 주는 행위 역시 그것 중 하나임을 파악한 것이다.

"조심해라. 이방인이 술법을 사용한다."

"네? 술법이라뇨?"

대장장이들은 그게 뭐냐는 표정을 지었다.

"내공과 비슷한 힘을 낸다. 조심해야 할 것이다."

원해룡도 괴이한 술법이 있다는 것만 알지, 그것이 어떤 힘을 보여 주는지는 정확히 알지 못했다. 잠시 고민하던 그는 내공에 빗대어 설명을 했고, 그와 비슷한 힘을 내는 술법이라는 말에 대장장이들은 곧바로 웃음을 거뒀다.

아부는 자신의 술법을 이들이 알아차린 듯하자 더욱 긴장한 표정이 되었다. 무굴 제국을 여행하는 동안 동방제국의 전사들은 특이한 힘을 갈무리해서 사용한다는 말을 들었고, 그것이 내공이라 불린다는 것도 어느 정도는 알고 있었다. 그런데 원해룡이 자신의 술법과 내공을 빗대어 이야기하자, 잘만 하면 빠져나갈 수 있다 생각했던 게 오산이 될 수도 있음을 깨달은 것이다.

하지만 이대로 순순히 잡혀 줄 수는 없는 일이다. 인생 태반을 노예로 살았는데 또 노예가 되다니, 혀를 깨물고 죽는 한이 있어도 용납할 수 없었다.

"진진. 나쁜 놈. 내가 지랄에 염병까지 해 준다고 했는데 나를 버리다니!"

아부는 진진이 들으면 자다가도 경기를 일으킬 말을 서슴없이 토해 냈다. 어수룩해 보이던 진진이 알고 보니 여우였다는 생각이 들자 아부는 분통이 터졌다. 여우도 보통 여우가 아니라 사막을 종횡하는 음흉한 여우였던 것이다. 당장 진진에게 달려가 어떻게 이럴 수 있냐고 따지고 싶었지만 지금은 눈앞에 대장장이들을 이겨 내야 했다.

아부 바크르(Abu Bakr) • 69

제4장

진진, 마상필을 만나다

 "대부분의 남녀는 외모나 배경보다 마음이 중요하다고 합니다. 하지만 이성을 보면 어디를 처음 볼까요? 처음 만나 마음을 본다고요? 웃기는 소리. 열 길 물속은 알아도 한 길 사람 속은 모르는 법인데, 배경이나 외모보다 마음이 우선이라고요? 헛소리죠. 우선되는 건 시선을 붙잡을 수 있는 무엇이고, 그다음이 마음일지, 아니면 상대가 가진 배경일지를 선택하는 겁니다. 뭐, 종종 배경을 얻기 위해 모든 걸 포기하는 얼간이들도 있기도 합니다. 하지만 그놈들은 사랑을 논할 수 없는 종자들이죠. 자신은 물론 상대까지 물품으로 보고 그냥 거래를 했다고나 할까요?"

 진진은 자신 앞에서 열변을 토하고 있는 자를 보며 요즘

진진, 마상필을 만나다

왜 이러나 하는 생각이 들었다. 찰거머리 같은 아부를 떨쳐 놓은 지 한나절도 되지 않았다. 그런데 그새를 못 참고 또 허무맹랑한 인간이 모습을 나타낸 것이다. 방금 전까지만 해도 거하게 한 상 차려 놓고 여유를 만끽하던 진진이었지만, 그의 평화로운 만찬은 순식간에 박살이 났다.

'내가 앞으로 죽어 가는 인간들에게 눈길이라도 주면 진진이 아니다.'

다 죽어 가는 얼굴로 합석 좀 해 주면 안 되겠냐는 점소이의 부탁에 고개를 끄덕여 준 게 문제였다. 그 많고 많은 자리들 중에 왜 하필 자신이었을까. 진진은 진지하게 자신의 외향적 분위기를 고민해야만 했다.

'내가 그렇게 만만해 보이는 건가?'

험악한 인상에 살벌한 분위기를 뿜어내고 있다면 점소이는 물론 방귀 좀 뀐다는 포졸들 역시 근처에도 오지 않았을 것이다. 그런데 다른 자리를 놔두고 왜 하필 자신이었을까. 부탁을 잘 들어줄 것 같아서? 거부해도 앙앙거리며 졸라 대면 어쩔 수 없이 고개를 끄덕여 줄 것 같아서? 진진은 스스로 만만한 인간이라고 생각해 본 적이 없었다. 아니, 누구라도 자신을 만만하게 보이고 싶지는 않을 것이다. 하지만 아무리 그렇다 해도 툭하면 짜증 나는 인간들이 나타나 자신의 입장은 아랑곳하지 않고 행동한단 말인가.

제갈진수는 그래도 봐줄 만했다고 치자. 제갈미령은 제갈진수 때문에 그럴 수도 있었다 치자! 독까지 풀어 대며 흥겹게 웃던 당하지나 눈치 살살 보며 칼질 해 대던 남궁상은 제갈미령 때문에 어쩔 수 없었다고 치자! 아부는 자신이 살려 냈으니 정말, 정말 어쩔 수 없었다고 쳐도, 눈앞에 이 인간은 도대체 뭐란 말인가! 분노 유발자? 구타 유발자? 그것도 아니면 살심 유발자인가?

'으… 주먹을 날리고 싶다.'

"그쪽은 어찌 생각합니까?"

뭘? 뭘 어떻게 생각한단 말인가. 자신하곤 아무런 관계도 없고, 관심도 없으며, 굳이 알고 싶지도 않은 일들을 쉴 새 없이 주절거리며, 숨 쉴 틈 없이 질문을 해 대고 있다.

"하긴 이런 걸 꼭 말을 해야 아는 게 아니죠. 누구나 아는 것이고, 또 알아야 하는 것들이니 말입니다. 그런 의미에서 제가 재미있는 이야기를 하나 들려 드릴까 하는데 어떠신지."

"더 이상……."

"하긴 자리까지 내주셨는데 제가 그냥 있을 수 없죠. 좋습니다. 제가 인심 쓰는 셈치고 기발한 방법 한 가지를 가르쳐 드리겠습니다. 사실 이성 간에 뭐 있습니까? 핵심은 단 한 가지뿐입니다. 길고 긴 밤, 고독하고 쓸쓸한 밤, 이유 없는 불면에 시달리며 온몸이 근질거리는 밤. 상황은 다양하지만 이유는 한 가지뿐입니다. 그건 바로!"

진진, 마상필을 만나다 • 75

상대는 크나큰 비밀이라도 알려 주는 사람처럼 주변을 살피더니 아주 작은 목소리로 앵앵거렸다.

"사랑과 정열을 그대에게… 아니겠습니까? 일흔 넘은 노인네도 벌떡 일으켜 세우고, 석녀도 단숨에 열락에 들 수 있는 절세의 영약이 저에게 있습니다. 사문의 보물이지만 요즘 생활에 찌들다 보니 어쩔 수 없이 눈물을 머금고 내놓는 물건입니다."

"일흔이 뭐… 절세 뭐라고?"

"으흐흐! 이거 왜 이러실까. 한참 불끈하실 나인데. 좋은 약이 있는데 싸게 드릴 테니까 한번 써 보시라는 거지."

"그러니까 지금까지 떠들어 댄 이유가……."

"쉿! 아무에게나 보이는 물건이 아닙니다. 그것도 오늘이 아니면 다시는 구할 수 없는 그런 물건입니다. 다른 사람들이 알아 봤자 소란만 일 뿐이니……."

진진은 눈앞에 있는 촉새의 정체가 뭘까 고민에 고민을 거듭했었다. 그런데 겨우 드러난 정체가 '약장수!'라니. 그것도 '믿고 먹는 폭풍합방', '하얗게 재가 됐어', '아이쿠, 영감 죽어' 등의 괴상망측한 이름의 '절세영약'을 판매하는 약장수였다니.

진진은 갑자기 눈앞이 캄캄해지며 이성이 날아가는 느낌을 받았다. 무려 두 식경에 걸쳐 고막이 터지려는 걸 꾹 참고 참았건만, 그 결과가 만만해 보이는 자신에게, 아니 그런 약을 팔고자 했다면 자신이 부실해 보였단 뜻이다. 세상에! 마의 사부가 심혈을 기울여 능력을 급진시켜 놓은 자신이 부실해 보였다니. 기가 막히고 코가 막혔다.

고막이 터질 것 같던 소음보다 더 참을 수 없는 기분이 되었다. 꽉 막힌 제갈미령과 생존형 노예 아부에 이어 이성을 말살시키는 약장수라니. 자신의 인간관계에 마(魔)가 낀 게 분명했다.

"내가 왜!"

"네?"

"내가 왜 너 같은 인간들에게 들볶여야 하냐고!"

"아니, 제가 언제……."

"크으윽!"

"그것참, 사기 싫으면 그만이지, 신경질까지 낼 게 있나."

"진진아, 세상은 말이다. 만만한 게 아니다. 네가 아직 경험이 부족해서 내 말을 이해 못할 수도 있지만, 너 같은 헛똑똑이가 봉 취급 당하는 거다."

비만 오면 '에구, 허리야'를 외치던 양철규 숙부의 말에 진진은 절대 그럴 일 없다고 했다.

"양 숙부, 제가 누굽니까? 숙부님들의 유일한 조카이자 전승자, 진진 아닙니까. 감히 어떤 놈이 절 만만하게 보겠습니까."

"쯧쯧쯧! 당해 봐야 정신을 차리지. 네 맘대로 하세요. 아무튼 한 가지만 명심해. 크고 복잡한 도성에 갈수록 정신 바짝 차려라. 눈 감으면 코 베어 가니까."

 진진은 이게 그 '봉' 취급당하는 것임을 제대로 깨달았다. 그리고 자신은 아니지만 다른 누군가에게는 상당히, 아니 어쩌면 굉장히 만만해 보이는 인상을 지니고 있다는 것도 크게 깨달았다. 하긴 자신의 면상이 어떤 느낌을 주는지 한 번도 심각하게 고민해 본 적이 없으니 당연한 결과일지도 몰랐다.

 하지만 아무리 그래도 그렇지, 만나는 놈마다 이런 식이라면 복장이 터져서 죽고 말 것이다.

"어떻게 하면 나를 무섭게 볼까?"

"뭔 소립니까?"

"어떻게 하면 날 귀찮게 하지 않겠냔 말이야."

"에에?"

"그래, 깊이 고민할 이유가 없지. 일단 눈앞에 있는 네놈부터 시작하마."

"아니, 이 사람이! 약 사기 싫으면 그만이지, 왜 이래? 다른 사람들은 없어서 못 구하는 약이구만."

 진진은 그동안 꾹꾹 누르며 참아 왔던 짜증이 한꺼번에 폭발해 버렸다. 자신이 자꾸 참으니 이런 일이 벌어진 것이라 그렇게 생각된 것이다.

"후회하게 만들……."

막 주먹을 쥐고 일어서던 진진은 객잔 입구는 물론 창문까지 깨고 들어선 정체불명의 인물들 때문에 말끝을 흐려야 했다.

"마상필! 이제 끝이다!"

"백면호리!"

"이번엔 빠져나가지 못하게 철저히 막아라!"

"우리가 허락하기 전까지는 아무도 움직일 수 없다!"

우당탕 소리를 내며 안으로 몰려든 이들은 진진 못지않게 분노한 표정으로 흉흉한 기색을 보였다.

진진은 자신에게 약을 팔던 자가 백면호리라는 말에 화들짝 놀란 표정이 되었다.

세상에, 마주 보고 밥 먹을 인간이 그리 없었단 말인가! 재수가 없어도 이렇게 없다니. 이 정도면 뒤로 넘어져 코가 깨진 것은 물론이고, 흙탕물 피하려다 똥물에 빠진 셈이다.

'빌어먹을! 너무 흥분했다. 저 정도 인원이 다가올 정도면 진즉에 알아차렸어야 했어.'

영활하게 눈을 굴리며 상황 파악에 나선 마상필이라는 자가 정말 백면호리라면, 기껏 안녕을 외쳤던 제갈 남매와 다시 마주칠 수도 있다는 의미다.

'어떻게 하지…….'

 객잔 안으로 들어온 인물은 모두 스무 명 정도다. 앞장선 이들은 최소 일류급 무인이고, 포진하다시피 하고 있는 자들도 이류에서 일류 초입으로 보였다. 섣불리 움직였다간 의심을 살 것이고, 자칫 그 때문에 백면호리에게 기회라도 주는 날엔 치명적 오해를 살 수도 있었다. 이러지도 저러지도 못하는 어정쩡한 상태가 돼 버렸다.

'세가의 후기지수들만 모여서 잡는다고 했던 것 같은데… 숫자가 더 늘어났네.'

 진진은 제갈미령과 당하지가 백면호리를 잡기 위해 나누던 대화를 모두 기억하고 있다. 아마도 자신과의 경험 때문에 대대적으로 인원을 늘린 것 같았다. 당시 자신과 충돌이 있은 후, 절정급 고수를 자신들만으로 잡을 수 있는가 고민들을 했으니 말이다.

 객잔에 들어선 무인들을 보니 후기지수는 물론 그들 가문의 무사들까지 동원한 것 같았다. 밖에서 객잔을 포위하고 있는 이들까지 생각하면 상당히 많은 숫자가 움직인 것이다. 후기지수만 움직였다면 백면호리를 잡기 위해 몰려든 자는 열 명을 넘지 않았을 것이다.

'고집을 피우는가 했는데 결국 진수의 의견을 받아들인 모양이군.'

 진진은 언제 열이 받았냐는 듯 차갑게 식은 머리로 이 자리를 피하기 위해 고민을 했다. 모난 놈 곁에 있다 정 맞는다고, 자신에게 감정이 있는 놈들이 나타나기라도 하는 날엔 백면호리라는 놈과 통으로 엮일 수도 있었다.

그러나 진진에게 더 이상 고민할 필요가 없다는 듯 익숙한 얼굴들이 객잔 안으로 들어서는 게 보였다. 자신을 알아보고 어떤 반응을 보일진 모르겠지만, 결코 자신이 원하는 분위기는 아닐 게 분명했다.

'아… 젠장!'

진진의 얼굴에 불편한 기색이 역력해지자 눈치를 살피고 있던 마상필이 의아한 눈빛이 되었다. 저들이 노리는 것은 자신인데 왜 진진이 불편해한단 말인가. 물론 갑작스런 상황에 당황한 것일 수도 있지만, 그것과 지금의 반응은 전혀 다른 형태라는 걸 잘 알고 있었다.

'오라. 이자도 뭔가 구린 게 있는 놈이구나.'

궁지에 몰려 있던 마상필은 잘만 하면 이 자리를 피해 도망칠 수도 있겠단 생각이 들었다. 치고받고 싸우자면 버거운 일이지만, 포위망이 약한 곳을 뚫고 나가는 건 해 볼 만했다. 숫자가 많다곤 하지만 일류 무인들로는 절정급 무인을 막아 내기가 어렵기 때문이다.

"친구, 미안하게 되었네."

"헐!"

"그러나 걱정 말게. 날 희생하는 일이 있더라도 자네만은 꼭 도망칠 수 있게 해 주겠네."

"뭔 헛소리야!"

진진은 망치로 천 대는 두들겨 맞은 얼굴로 마상필을 바라봤다. 이제 보니 자신을 미끼로 상황을 모면할 궁리를 한 모양이다. 진진은 마상필과 자신이 관계없음을 빨리 증명해 내지 못하면 상황이 더 최악으로 변할 수 있음을 깨달았다.

"난 이자와 알지 못합니다. 점소이가 자리가 없다며 합석을 요구했고, 그에 응해 줬을 뿐입니다."

진진은 마상필의 말을 믿지 말라며 재빨리 호소했다. 그런데 마상필이 한술 더 뜨는 소리를 했다.

"그래, 그게 좋겠네. 그렇게 하세."

작은 목소리로 소곤거리듯 이야기했지만, 현재 객잔 안에 모인 이들은 하나같이 정통 무림인들이다. 귓속말로 이야기해도 훔쳐 들을 판에 작게 소곤거린다고 누가 못 듣겠냔 말이다.

진진은 그게 아니라고 자신의 입장을 이야기해야 했지만 선뜻 입이 열리질 않았다. 자신이 무슨 말을 해도 마상필은 그에 맞춰 입을 열 것이고, 결국 정황상 자신은 마상필과 일행으로 몰릴 것이기 때문이다. 정확히 설득력 있게 이야기하지 못한다면 오히려 사태가 복잡해져 해명이 더 어려워질 것이다.

'제압해서 넘긴다. 말로 떠드느니 내 손으로 잡아서 넘겨 버리면 모든 게 해결된다!'

진진은 마상필이라는 인간이 말도 안 되는 소리를 더 늘어놓기 전에 아예 입을 막아 버리기로 마음먹었다.

마상필의 무공 수위는 절정급. 그것도 오래전에 경지에 오른 절정급 무인이다. 제갈진수가 자신의 경지가 절정급으로 보인다 했으니, 정식으로 겨룬다면 박빙이 될 수도 있을 것이다. 하지만 정정당당히 실력을 겨루는 자리도 아니고 마상필 때문에 색마로 몰릴 처지다. 예의 차리며 이제 공격하겠다는 둥 헛소리를 늘어놓을 이유가 없었다.

'단숨에 제압한다!'

마상필이 주변을 경계하며 시선을 돌리자, 진진은 봇짐 안에 들어 있는 박도 손잡이를 움켜쥐었다. 그리고 공격을 하려는 찰나! 식탁 주변을 포위하고 있던 무인 한 명이 버럭 소리를 질렀다.

"무기를 잡았다!"

"역시 동행이 맞았구나."

"잠시나마 믿었던 우리가 바보다!"

무인들은 진진이 움직이기 전에 먼저 선공에 나섰다.

'뭐야! 이게 아니잖아!'

진진은 저들이 자신의 말을 믿고 있을 줄은 꿈에도 몰랐기에 당황에 당황을 거듭했다. 재빨리 박도를 꺼내 방어를 시작했다. 이들이 확실한 적이라면 적극적으로 공격에 나섰겠지만 오해가 중첩되고 있는 상황이었다. 자칫 피라도 튀었다간 흥분한 적들은 더욱 과격해질 것이고, 결국 누군가 죽고 다치면서 돌이킬 수 없는 상황이 될 수도 있었다.
"그만! 그만!"
진진은 그게 아니었다며 소리를 질렀다.
"크크! 친구, 고맙네. 먼저 갈 테니 나중에 보자고."
자신의 행동 때문에 포위 형태에 변화가 생기자 마상필은 그 틈을 놓치지 않고 몸을 날렸다. 지금이 아니면 기회가 없다고 여기는 것 같았다. 하지만 이 정도 인원을 동원해 전격적으로 포위 작전을 펼쳤는데 허술하게 준비를 했을 리가 없다. 객잔 창문을 깨고 튀어 나가려던 마상필은 철벽이라도 만난 듯 다시 객잔 안으로 몸을 돌렸다.
"젠장!"
마상필이 날카롭게 베어진 앞섶을 추스르며 짜증스런 얼굴로 창문을 바라봤다.
"어딜 그렇게 급히 가십니까."
묵직한 저음. 목소리만으로도 중압감을 느끼게 하는 인물이 창문을 밀며 모습을 나타냈다.
"팽만해……."
마상필 입에서 상대의 정체가 드러났다.
하북팽가의 소가주이자 후기지수들 중에서 가장 무력이

높다고 알려졌다. 최근 절정 초입에 올랐다는 소식이 들렸는데, 마상필이 급히 몸을 돌려 피한 것을 보면 그것이 사실인 듯싶었다. 물론 능숙한 절정과 초입은 큰 차이였지만, 지금처럼 거드는 손이 많은 상황에선 아무리 마상필이라도 함부로 움직일 수가 없었다.

장정 허벅지만 한 도를 어깨에 메고 느긋한 표정으로 객잔 안을 둘러보던 팽만해는 특유의 묵직한 저음으로 명령을 내렸다.

"백면호리를 제외한 사람들은 모두 내보낸다."

"네, 소가주."

객잔을 포위하고 있던 무인들 소속이 팽가였던 모양이다. 객잔 안팎을 포위하고 있던 무인들은 재빨리 관계없는 자들을 밖으로 내보내기 시작했다. 마상필을 제외한 모든 이들을 내보내라는 말에 진진은 안도의 한숨을 내쉬며 그들 사이에 끼어 움직이려 했지만, 그런 일이 가능할 리 없었다.

"흥! 결국 여기서 보는구나."

슬그머니 발길을 돌리려던 진진은 당하지의 비꼬는 음성에 그대로 멈춰 섰다.

"아는 자인가?"

팽만해는 당하지와 진진을 바라보며 질문을 했다.

"일전에 말한 그자입니다."

"일전이라면… 제갈진수를 인질로 잡고, 동생들에게 상처를 입혔다던 자 말인가?"

"네. 당시 쥐새끼처럼 도망을 치는 바람에 놓치고 말았는데 여기서 이렇게 보는군요. 그것도 백면호리와 식사를 할 정도니."

당하지는 더 이상 말하지 않아도 알 만하지 않냐며 말을 아꼈다. 당하지의 말에 진진을 막아섰던 무인들 역시 한마디 덧붙였다.

"당 공자의 말이 맞습니다. 백면호리를 포위하고 소가주를 기다리는 동안 저자가 무기를 뽑아 들었습니다."

당하지의 말에 증인까지 나서자 팽만해의 고개가 위아래로 움직였다.

"그자도 남긴다."

"네, 소가주."

객잔 주인은 물론 손님들까지 모두 밖으로 밀려나자 객잔 안은 무인들만 가득한 상태가 되었다.

"비겁하게 떼로 다니면서 사람을 괴롭히다니. 이러고도 너희들이 정파라 자처하느냐!"

마상필은 오늘 이곳에서 뼈를 묻겠단 생각이 들었는지 분통을 터트렸다. 그러나 팽만해는 마상필이 떠들든 말든 관여치 않았다. 그저 자신의 일만 묵묵히 하는 소(牛)라도 된 양 무인들에게 명령만 내릴 뿐이다.

"마상필 저자는 발이 빠르기로 유명한 자다. 기물을 치워 객잔 밖으로 나갈 수 있는 구멍은 모조리 막는다."

팽만해의 지시에 무인들의 움직임이 분주해졌다. 그리고 일다경 정도가 흐르자 객잔 중앙은 넓은 대청이 되었고, 창문이나 통로는 모조리 식탁과 의자 등을 쌓아 완전히 막혀 버렸다.

덩치나 분위기를 보면 둔한 곰 같은데, 하는 짓은 너구리 뺨치는 인간이 팽만해다. 다 잡은 물고기도 한순간의 방심으로 놓칠 수 있다는 것을 잘 아는 팽만해는 무인들 사이에 틈이 생긴다 해도 객잔을 벗어나기 어렵게 만들어 놓은 것이다.

객잔 안이 정리가 될수록 마상필의 얼굴은 더욱 굳어졌다. 기물을 이용해 객잔 안을 뛰어다니다 기회를 엿볼까 했는데, 아예 그런 가능성 자체를 차단해 버린 것이다. 이제 객잔을 빠져나가기 위해선 정면을 돌파해 객잔 입구로 나가는 방법뿐이다.

"생긴 것은 곰이지만 하는 짓은 너구리라더니. 나 마상필이 곰구리(熊獾) 팽만해를 만나 아주 크게 당하는구나!"

보통의 무림인들은 팽만해를 군자도(君子刀)라고 부르지만, 그와 좋지 않은 인연을 맺거나 된통 당한 이들은 웅환(熊獾), 또는 곰구리라고 불렀다.

팽만해가 의자 하나를 놓고 자리를 잡자 그 뒤로 좌우 호위가 자리를 잡았고, 마상필과 진진을 가운데 두고 원형진을 이루었다.

그때 객잔 입구를 막고 있던 무사들이 새롭게 등장한 이들을 보며 가볍게 머리를 숙였다.

'결국 여기서 다시 보는군.'

진진은 제갈미령을 발견하자 한숨이 나왔다. 객잔 안으로 들어선 이들은 이미 안면이 있던 남궁상과 진지승, 그리고 처음 보는 여자 한 명과 남자 둘이다.

'진수는 안 보이네.'

다시 보지 말자고 한 소리 하긴 했지만, 막상 이런 상황이 되니 제갈진수가 없는 게 조금은 아쉬웠다. 그나마 자신의 이야기를 진지하게 들어 줄 유일한 인물이니 말이다.

"제갈 소저, 저기를 보시오."

당하지는 제갈미령이 들어오자 기다렸다는 듯 자신의 존재를 일러바쳤다.

'찌질한 자식!'

진진은 당하지의 태도가 마음에 들지 않았다.

"묘하네요."

제갈미령이 진진을 보며 먼저 입을 열었다.

"그러게. 이상하게 만날 때마다 묘한 상황이네."

진진은 왜 자꾸 이러는지 모르겠다며 어깨를 으쓱였다.

제 5 장

뭘?

"일전엔 납치 인질극으로 몰렸는데, 이번엔 색마와 친구라는군."

진진은 스스로도 한심하다는 듯 제갈미령을 바라봤다.

"그렇군요."

"반응이 좀 심심하네."

"비난이라도 해 줄까요?"

"아니, 그런 건 아니고. 그냥… 다른 사람 같아서."

진진은 무덤덤한 제갈미령의 반응에 머리를 긁적였다. 자신이 예상했던 것과는 너무 달랐기 때문이다.

진진과 제갈미령의 대화를 지켜보고 있던 팽만해가 손을 들어 올렸다.

"백면호리와 관계가 있는지, 없는지는 내가 판단한다."

당하지에게 듣기론 제갈미령과 진진은 원수나 다름없다고 했는데, 분위기가 이상하게 흘러가자 직접 나선 것이다.

"어떻게 판단을 할 겁니까?"

다른 사람들이야 팽만해의 지시에 따를지 모르겠지만, 오해의 당사자인 진진은 넋 놓고 구경할 수 없었다.

"기다려라. 마상필이 먼저다."

팽만해는 아직 나설 차례가 아니라는 듯 진진의 질문을 묵살하고 마상필에게 고개를 돌렸다. 진진은 뭐 저런 놈이 있나 싶었지만, 일단 상황을 주도하고 있는 사람이 팽만해이니 어떻게 행동하는지 지켜보기로 했다.

이번 행사는 팽가에서 주도적으로 나선 일이고, 성과에 대해서도 책임을 지는 입장이었다. 상이든 벌이든 팽만해 자신이 받을 것이니 일의 주재도 자신이 해야 했고, 마무리도 자신이 지어야 했다. 그 어느 누구라도 팽가의 행사에 끼어드는 걸 용납할 생각이 없었다.

하지만 백면호리를 잡기 위해 힘을 합쳤던 다른 후기지수들은 순순히 물러설 수도 없고, 그래서도 안 됐다. 이대로 팽가에 모든 공을 몰아준다면 자신들은 그저 꽁무니만 따라다닌 구경꾼이 될 수도 있었기 때문이다.

가문을 대표해 이곳에 왔는데 가만히 지켜만 보라니, 아무리 팽가가 가문의 무인들을 동원해 주도적으로 일을 성사시켰다 해도 자신들의 밥그릇은 알아서 챙기는 게 맞았다. 자신들이 팽가의 개도 아닌데 주는 대로 받아먹고 고맙다는 듯 꼬리를 칠 수는 없는 일이다.

"팽 형님, 백면호리에 대한 심문은 제가 맡는 게 어떻겠습니까?"

당하지가 한발 앞으로 나섰다.

"당가가 직접적으로 백면호리에게 피해를 입은 적이 있었나?"

"그건 아니지만 백면호리의 몸에 추적향을 뿌린 건 바로 저입니다. 한 손 거들 명분은 충분하다고 봅니다만."

당하지는 이대로 물러설 생각이 없다는 듯 팽만해를 바라봤다. 후기지수들 중에 최강자고, 나이도 제갈진수와 같은 스물여덟이라 형 대접을 하고는 있었다. 하지만 그렇다고 팽가가 당가 위에 있다고 할 수는 없었다. 개인적인 친분이야 형 동생 사이지만, 공적인 입장에선 팽만해가 팽가를 대표하듯 자신도 당가를 대표한다. 한마디로 동등한 입장이라는 뜻이다.

당하지가 먼저 창대를 메고 앞으로 나서자 다른 이들도 이때다 싶어 한마디씩 거들기 시작했다. 사냥이 끝나니 누가 더 많은 살코기를 차지할지 싸움이 붙은 것이다.

"당가가 하겠다는 심문이 정확히 어떤 것인지 알고 싶습니다."

제일 먼저 싸움에 끼어든 이는 북경맹가의 둘째 맹철한이다. 올해 스물셋으로 후기지수들 중에선 진주언가의 언청희를 제외하곤 남자들 중엔 가장 어린 나이였다.

"맹철한 네가 나설 자리가 아니다."

당하지는 어디 막내가 형님들 대화에 끼어드냐며 인상을 찌푸렸다.

"당 형님이 당가를 대신해 이 자리에 있듯, 저 역시 맹가의 대리자로 이곳에 온 겁니다. 말씀을 조심해 주십시오."

"뭐라?"

당하지는 맹철한의 말에 언성이 높아졌다.

"맹 오라버니의 말이 맞아요. 저 역시 묻고 싶군요."

진주언가에서 나온 언청희가 맹철한을 두둔하고 나섰다. 당하지가 팽만해를 보며 이대로 듣고만 있을 거냐는 눈빛을 날렸다. 그러나 팽만해는 자신이 나설 일이 아니라는 듯 입을 다물어 버렸다. 네가 먼저 판을 벌였으니 마무리도 알아서 하라는 뜻이다.

'흥! 팽만해, 그런 식으로 나오면 안 되지. 서로 손을 잡으면 저들이 끼어들 틈을 주지 않아도 되는데, 나를 망신 주는 데 더 의미를 두겠다니. 실수하는 거다.'

"좋다. 어차피 이번 행사는 칠대세가의 후기지수가 힘을 합쳐 이뤄 낸 것이니, 공이든 사든 함께 나눠야 맞다."

당하지가 공평하게 나눠 먹자고 선언해 버리자, 당하지의 낭패를 즐기고 있던 팽만해의 얼굴에 작은 균열이 일었다. 자신이 버젓이 자리를 잡고 있는데 당하지가 주재자인 것처럼 행동하자 불쾌감을 보인 것이다.

"당하지."

"네."

"결정은 내가 한다."

"누구도 이번 일의 결정권을 위임받은 적이 없는 것으로 알고 있습니다."

"이번 행사의 성공은 팽가의 힘이 컸다는 것을 모른단 말인가?"

"하지만 우리가 없었다면 팽가의 힘만으론 불가능한 행사였다는 것은 모르셨나 봅니다."

당하지는 기호지세라 생각했다. 여기서 꼬리를 내렸다간 죽도 밥도 안 될 것이다.

진진은 돌아가는 상황을 보며 한심하다는 눈빛을 보였다. 심문을 하니 결정을 하니 떠들더니, 결국은 지가 더 잘났네, 내가 더 잘했네 하며 밥그릇 싸움을 벌이니 어이가 없었기 때문이다. 분위기를 봐선 저들만의 명분 싸움이 언제 끝이 날지 가늠이 되질 않았다.

'내가 하고 만다. 안 그래도 괜한 일에 얽혀 심사가 복잡한데 여기서 밤새 이러고 있을 수는 없다고.'

진진은 자신의 옆에서 연신 머리를 굴리고 있는 마상필에게 손을 내밀었다. 너무 자연스러운 동작인 데다, 마치 어깨에 먼지라도 털어 주듯 가볍게 움직였기에 어느 누구도 제지할 생각을 하지 못했다. 아니, 다들 엉뚱한 데 정신이 팔려 있으니 신경을 쓰지 못하고 있다는 게 더 정확할 것이다.

"억?"

마상필은 갑자기 마혈이 눌리자 헛바람 빠지는 소리를 냈다. 사람들은 그제야 마상필에게 문제가 생겼음을 인지했지만 이미 그의 신변은 진진에게 들어간 뒤였다.

"진진! 뭐 하는 것이냐?"

"놈!"

당하지와 팽만해가 진진의 행위에 불만을 터트렸다. 그러나 진진은 그러든 말든 내 알 바 아니라는 듯 꿋꿋이 자신의 일에만 집중했다. 쌀알 크기의 검은 환 하나를 마상필 입에 던져 넣더니 울대를 가볍게 때려 줬다.

"꿀꺽! 캑! 뭐… 뭐냐! 나에게 뭘 먹인 거냐!"

마상필은 거부할 틈도 없이 정체불명의 환을 삼키게 되자 당혹감을 보였다. 어이없는 표정이 되기는 후기지수들과 팽가의 무인들 역시 마찬가지였다. 유일하게 밥그릇 싸움보다 진진에게 시선을 집중하고 있던 제갈미령만이 덤덤한 표정을 유지할 뿐이다.

"심문하고 싶다고?"

진진은 마상필의 맥문을 움켜쥐고 칠대세가 사람들을 바

라봤다.

"당장 그 손을 놓지 못하겠느냐!"

당하지는 삿대질까지 하며 진진을 향해 소리를 질렀다.

"패륜공자께서는 조용히 좀 하시지."

"뭐… 뭐라?"

"나이도 어린데 벌써 건망증이야? 형님을 독살하려고 했었잖아!"

진진의 외침에 제갈미령과 남궁상, 진지승을 제외한 모든 이들이 그게 사실이냐며 당하지에게 시선이 집중됐다. 당하지의 형이라면 한때 당가를 크게 발전시킬 천재로 이름났던 당나기다. 몇 년 전까지만 해도 승승장구하며 역동적으로 활동을 했지만, 언제부턴가 모습을 감추고 세가에서 나오지 않고 있는 인물이기도 했다. 그런데 그 이유가 신변에 문제가 생겼기 때문이라면… 충분히 있을 법한 일이었다. 그것도 후계자 자리를 노린 동생이 독한 맘먹고 손을 쓴 것이라면 아무리 기재라 불리던 당나기도 당해 내지 못했을 것이다.

"아니야, 아니라고! 다들 무슨 생각을 하는 거야!"

당하지는 얼굴이 빨갛게 달아올라 버럭 소리를 질렀다.

진진은 당가의 족보를 알지 못했다. 그저 자신에게 독주를 건넨 사건을 빗대 패륜이라는 이름을 붙여 줬을 뿐인데, 돌아가는 상황을 보니 분위기가 묘해졌다.

"역시 패륜공자. 실망을 시키지 않는군."

진진은 불난 집에 부채질하며 다시 한 번 패륜공자를 힘주어 말했다.

"진- 진!"

형 당나기는 자신이 가장 존경하는 인물이고, 또 사랑하는 사람이다. 그렇지 않아도 정체를 알 수 없는 독에 당해 사경을 헤매는 형이다. 그런 형을 볼 때마다 부족한 자신을 원망하고 눈물을 쏟았다. 그런데 진진의 말 한마디에 그런 형을 암습한 동생이 되어 버리다니. 당하지는 머리 뚜껑이 열려 버렸다.

"죽어라!"

당하지가 암기를 꺼내 진진에게 날리자, 의자에 앉아 있던 팽만해가 벌떡 일어나더니 도를 휘둘러 암기를 튕겨 냈다.

"당하지, 살인멸구라도 할 생각이냐?"

팽만해는 당하지가 자신의 치부를 가리기 위해 진진을 죽이려 했다 생각한 것 같았다. 아니, 그렇게 의심할 수밖에 없는 상황이 되어 버렸다는 게 맞았다.

당하지는 팽만해의 말에 미치고 팔짝 뛸 심정이 되었다. 살인멸구라니, 이 무슨 황당한 소린가.

"저놈의 요설에 휘둘리지 마시오! 진지승, 남궁상, 제갈소저, 말 좀 해 주시오!"

당하지는 억울해서 미치겠다는 듯 세 사람의 이름을 외쳤다. 그러자 사람들의 시선이 이번엔 세 사람 쪽으로 몰렸다.
"당 형님은 아무런 잘못이 없습니다. 저자가 하는 말은 거짓입니다."
당하지의 딸랑이 진지승이 곧바로 변호에 나섰다. 팽만해는 '흠' 하는 소리를 내더니 진진에게 시선을 돌렸다.
"네가 말해라."
"뭘?"
진진은 말끝마다 반말로 일관하는 팽만해의 태도가 마음에 들지 않았다.
'언제 봤다고 이래라저래라야?'
진진이 뭘 말하라고 하는지 모르겠다는 표정을 지었다. 어딘지 모르게 순박해 보이는 얼굴이라, 진진을 모르는 사람 입장에선 '진짜 모르는 건가?' 하는 생각이 들 정도다.
하지만 이미 진진을 겪어 본 사람들은 저 어리바리한 표정이 얼마나 가식적인지 치가 떨리게 잘 알고 있었다. 제갈미령 역시 다른 이들보다 진진의 성격을 잘 알고 있는 사람이다. 어쩌면 다른 이들보다 더 뼈가 아리게 당했으니 말이다. 그런데 진진의 천진한(?) 표정을 보니 자신도 모르게 웃음이 나와 버렸다.
"픔."
진지하다 못해 살벌한 분위기에 불쑥 튀어나온 웃음소리

는 객잔 안 사람들을 다시 한 번 어이없게 만들었다. 제갈미령은 사람들의 눈빛이 좋지 않자 급히 표정을 관리하며 의도치 않은 일임을 이야기했다.

"미안해요. 저도 모르게. 당 공자나 다른 분들을 기분 나쁘게 할 생각은 없었어요. 그저……."

"그저 뭡니까?"

팽만해 역시 그녀의 웃음소리가 마음에 들지 않았는지 목소리가 까칠했다.

"저 사람 말과 행동이 웃겨서요."

"지금 이 상황이 웃긴다는 말로 들립니다만."

팽만해는 이 모든 상황이 자신의 의지대로 움직여야 했다. 그런데 당하지가 물을 흐리더니, 진진이라는 놈이 아예 똥물을 튀기고 있었다. 거기다 '뭐?'라니. 대놓고 화는 못 내지만 속에선 슬슬 짜증이 올라오고 있었다. 그런데 그 와중에 웃음소리라니. 팽만해가 까칠하게 나오는 것도 이해 못할 상황은 아니다.

"뭐, 그것도 조금은."

제갈미령은 그럼 이게 안 웃기냐는 듯 오히려 되묻는 표정이 됐다.

"아무리 진수의 동생이라고 해도 봐주는 덴 한계가 있는 법이오."

당하지가 제갈진수에게 느끼는 감정이 질투에 가깝다면

팽만해는 은연중 경쟁하는 관계다. 당하지가 상대를 깎아내려 자신을 살리려 한다면 팽만해는 상대를 인정해 자신을 돋보이게 만드는 성격이고 말이다. 그래서 다른 사람은 몰라도 제갈미령에 대해선 어느 정도 대우를 해 주고 있는 편이었다. 그런데 지금 이 태도는 도대체 뭐란 말인가.

팽만해의 눈빛이 차갑게 가라앉자 제갈미령이 찔끔한 표정으로 시선을 돌렸다. 그러자 그 모습을 지켜보고 있던 진진이 입을 열었다.

"거참, 여자애가 웃을 수도 있는 거지. 그게 뭐 대수라고 눈까지 부라리고 그러는지 모르겠네. 듣자하니 굴러가는 낙엽만 봐도 울고 웃는 게 여자라던데. 마상필 너는 어떻게 생각해?"

"뭐? 지금 그걸 말이라고 하… 십니까요? 하하하! 당연히 여자는 남자와 다른 존재입죠. 변화가 무쌍해서 앞만 보는 남자들은 도무지 쫓아갈 수가 없는 게 여자의 마음입니다. 얼마든지 웃을 수도 있고, 울 수도 있습니다. 남자가 보기엔 왜 이러나 싶겠지만 그걸 이해하면 불알 떼고 여자가 되지, 왜 남자로 살겠습니까. 헤헤헤!"

마상필은 자신을 제압한 진진의 질문에 신경질을 내려다 맥문을 파고드는 거친 손길에 금세 말 잘 듣는 강아지가 되었다. 거기다 자신의 전문 분야인 여인에 대해 묻는 것이니 얼마든지 성실히 답할 일이다.

팽만해는 진진과 마상필에 의해 이해심 없는 사내가 되자 입술이 실룩거렸다. 당장이라도 거도(巨刀)를 휘둘러 두 놈의 머리를 날려 버리고 싶었지만 참을 인 자를 새기며 마음을 추슬렀다.

제갈미령은 이 와중에 진진이 자신의 편을 들어 주자 고맙다는 듯 슬쩍 눈인사를 했다.

'확실히 저 녀석, 이상해졌는걸.'

다시 만나면 방방 날뛰며 칼부터 빼 들 줄 알았는데 은근히 친한 척을 하자, 왜 저러는지 모르겠다며 아리송한 표정이 됐다.

'뭐, 진수 동생이니까. 말 한마디 하는 데 돈 드는 것도 아니고 말이지.'

틈만 나면 형님 동생의 동생이니 잘 좀 봐주라던 제갈진수의 얼굴이 스쳐 지나갔다. 그러고 보면 세상에 나와 처음 맺은 인연치곤 나쁘지 않았다는 생각이 들기도 했다.

'하지만 허당이지. 대갈진수 같으니라고.'

진진은 잡생각을 정리하고 시선을 돌려 다시 팽만해를 마주 봤다.

"그러니까 뭘 말하라는 거냐고?"

"지금 그걸 몰라서!"

팽만해는 '뭐?'의 첫 번째 발언에 이어 두 번째 '뭘 말하지?'라는 발언에 힘들게 눌러 놓았던 성질이 폭발할 뻔했다. 하지만 참아야 했다. 군자도란 이름에 맞게 자신은 정정당당하고, 여유 만만하며, 공명정대해야 했다. 소인배의 혀 놀림에 울고 웃는다면 세상 사람들이 손가락질할 것이다.

'마상필에게 원하는 걸 얻어 내는 순간, 네놈은 오체분시를 시켜 주마.'

외견상 목적은 색마 한 놈 잡는 것이지만, 속을 들여다보면 마상필이 손에 넣은 '무엇'인가가 진짜 목적이었다. 다른 이들은 그 사실을 모르는 것 같지만, 당하지는 어디서 들은 말이 있는지 직접 심문을 하겠다 나선 것일 것이다.

'마상필을 독점할 수 없다면… 원하는 대로 나눠 주도록 하지. 어차피 방패잡이가 필요하기도 했으니.'

팽만해는 처음 객잔에 나타났을 때처럼 묵직하고 차분한 음색으로 입을 열었다.

"당하지가 독살을 하려 했다는 것에 설명이 필요하다."

"동생이 형을 죽이려 하면 당연히 패륜 아닌가?"

팽만해의 질문에 진진은 당연한 걸 묻는다며 오히려 되물었다.

"당나기를 말하는 것인가?"

"당나귀? 웬 당나귀?"

진진은 팽만해의 말에 눈을 껌뻑였다.

"내가 언제 당나귀라고 했나! 당나기다! 당나기!"

"그래, 당나귀. 뭐야? 그럼 당하지 형이 당나귀였어? 어떻게 사람이 당나귀를……."

 진진은 더더욱 모르겠다는 얼굴로 팽만해와 당하지를 번갈아 봤다.

"당나기라고! 당나귀가 아니라!"

 힘들게 평정심을 유지하고 있던 팽만해는 더 이상 못 참겠다는 듯 버럭 소리를 질렀다.

"아, 그러니까 당나귀가 어떻게 형이 될 수 있냐고!"

 진진도 말이 되는 소리를 하라며 버럭 소리를 질렀다.

 팽만해와 진진의 대화에 머리끝까지 화가 치솟은 당하지가 다시 발광을 하려 했지만 주변의 만류로 가까스로 멈춰 섰다. 그러자 맥문이 잡혀 있던 마상필이 조심스럽게 말을 건넸다.

"저기, 당나귀가 아니라 당씨 성에 이름이 나기입니다."

"아, 나귀가 아니라 나기. 그것참, 당하지란 이름도 뭔가를 당하고 다니거나 당연히 당한다는 느낌이 들어서 묘했는데, 형 이름도 만만치가 않네."

 진진은 정말 몰랐다는 듯 능청스럽게 중얼거렸다. 그리고 형을 독살하려 했다는 말에 왜 그렇게 사람들의 눈빛이 달라졌는지 제대로 이해가 됐다. 예기치 않게 남의 집 족보를 엉망으로 만든 셈이라 아무리 진진이라 해도 눈치가 보였다. 슬쩍 당하지 쪽을 보니 자신을 잘근잘근 씹어 먹을 듯 매섭게 노려보고 있었다.

"험험! 내가 말한 형은 당나기가 아니라 바로 나다."

팽만해는 당하지의 형이 당나기가 아니라 진진이라는 말에 잠시 멍한 표정이 되었다. 이건 또 무슨 개풀 뜯어 먹는 소리란 말인가.

당하지는 팽만해와 다른 이들의 시선이 다시 자신에게 몰리자, 빠드득 소리가 나도록 이를 갈더니 딱딱 끊어지는 목소리로 해명을 했다.

"저놈을 잡기 위해 잠시 방심을 시킬 필요가 있었다. 그때 잠시 그렇게 부르기도 했지만 그건 어디까지나 목적을 이루기 위해 사용했던 호칭일 뿐, 나와 저자는 아무런 관계도 아니다."

팽만해는 당하지의 심정이 이해가 된다는 듯 크게 고개를 끄덕였다. 자신도 할 수만 있다면 나불거리는 진진의 주둥이를 뭉개 버리고 싶었기 때문이다.

"그럼 다시 본론으로 들어가야겠군."

팽만해는 당하지의 패륜 사건에 대해선 더 이상 왈가왈부할 생각이 없다는 듯 마상필에게 시선을 돌렸다. 그러자 진진이 기다렸다는 듯 입을 열었다.

"심문, 내가 하지."

"눈치가 없는 건가, 아니면 머리가 나쁜 건가? 자신의 처지를 전혀 모르는 것 같군."

"눈치도 빠르고, 머리도 좋다. 마상필을 손에 넣은 것 보면 모르나?"

"그게 무슨 의미가 있지? 어차피 마상필은 물론이고, 너 역시 내 손에 있는데."

"이야, 착각도 그 정도면 고수급이다."

진진은 껄껄거리며 웃음을 터트렸다.

"진정 죽고 싶은 것이냐?"

"죽일 수 있었다면 진즉에 그렇게 했겠지. 하지만 설왕설래하며 시간을 보내고 있다는 것은 따로 원하는 것이 있다는 것이고, 그걸 아직 얻지 못했다는 뜻 아닌가? 너야말로 머리가 나쁜 것 같다."

"놈!"

"뭐?"

"……."

팽만해는 범 무서운지 모르고 짖어 대는 진진을 보며 울화통이 치밀어 순간적으로 말문이 막혔다. 세상에 저렇게 염장을 잘 지르는 인간이 있을 줄은 상상도 못했단 표정이다.

"원하는 걸 줄게. 마상필 자체가 목적이었다면 사람들을 내보낼 필요도 없었잖아. 다른 사람들이 들으면 안 되는 그런 게 있으니 객잔을 소개했겠지. 안 그래?"

진진의 말에 팽만해와 당하지를 제외한 후기지수들은 '어라?' 하는 표정이 됐다. 듣고 보니 그럴싸했기 때문이다. 후기지수들은 팽만해에게 정말 그런 것이냐며 시선을 날렸다.

"어차피 이곳에 있는 사람은 다 알게 될 일이었다. 시선을 거둬라."

팽만해는 자신을 의심스럽게 바라보는 후기지수들에게 일부 '긍정', 일부 '부정'을 했다.

"봐, 까놓고 이야기하니까 얼마나 좋아. 쓸데없이 밥그릇 싸움 할 필요도 없고."

진진은 진즉에 이랬으면 벌써 상황 종료하고 각자 볼일 보러 갔겠다며 구시렁거렸다.

사람들은 뻔뻔할 정도로 자기 할 말을 다 해 대는 진진의 태도에 질린 표정을 지었지만, 덕분에 진전이 있게 되었으니 일단은 참자는 분위기가 만들어졌다.

"자, 그럼 이제부터 협상을 시작해 볼까?"

"협상?"

"이거 왜 이러실까. 아까 들어 보니 곰처럼 둔한 척하면서 알고 보면 너구리같이 얌체 짓 좀 하고 다니는 것 같던데. 정말 몰라서 물어?"

"……."

"내가 색마와 관계가 없다는 것은 저기 미령이가 증명해 줄 것이고."

진진의 말에 사람들은 설마 하는 표정으로 제갈미령을 바라봤다. 제갈미령은 느닷없이 자신을 걸고 들어갈 줄 몰랐는지 당황한 표정이 되었다.

"미령아, 이 오라버니가 색마 따위와 어울릴 사람이냐?"

진진은 마치 친한 동생 대하듯 제갈미령에게 말을 건넸다.

"그게······."

제갈미령이 선뜻 대답하지 못하고 망설이자 당하지와 진지승, 남궁상이 지금 뭐 하난 표정이 되었다.

"제갈 소저, 저자가 어떤 짓을 했는지 모른단 말이오?"

"맞습니다, 제갈 소저. 우리 모두 저자에게 속아 얼마나 고생을 했습니까!"

"부러진 팔다리를 벌써 잊은 겁니까? 왜 망설이는 겁니까!"

세 사람은 속사포처럼 말을 쏟아 냈다.

"어이, 거기 세 사람, 입은 삐뚤어졌어도 말은 바로 하지. 멀쩡한 사람 납치범으로 몰아 놓고, 나중엔 나에게 얻어맞은 게 알려질까 봐 암살까지 시도했었잖아. 사람들이 부끄러운지 알아야지."

진진은 정말 낯짝도 두껍다는 듯 그렇게 살고 싶냐고 했다. 그러자 세 사람의 얼굴이 시뻘겋게 달아올랐다. 제갈미령도 진진의 말에 잠시 얼굴이 붉어졌지만, 더 이상 고민할 필요가 없어졌다는 듯 진진의 무고를 이야기했다.

"우리와 불편한 관계에 있는 건 맞지만, 색마와 어울릴 사람은 아니에요."

"그것 봐. 진실은 언제나 승리하는 법이지. 미령아, 고맙다. 시간 나면 밥 한 끼 사마."

"네? 네……."

제갈미령은 밥 한 끼 산다는 진진의 말에 자신도 모르게 고개를 끄덕였다.

"자, 이제 나는 그대들의 핍박을 받거나 오해를 살 사람이 아님은 대충 증명이 된 것 같고, 이제 남은 것은 백면호리에게 원하는 것만 받아 내면 되는 건가?"

진진은 팽만해에게 어떻게 할 거냐고 눈짓을 날렸다.

"네가 아니어도 얼마든지 알아낼 수 있는데, 왜 내가 협상에 임해야 하는지 모르겠군."

"어이쿠! 정말? 이래도?"

진진은 마상필의 맥문을 움켜쥐며 신경질적으로 흔들었다.

"으아아악! 아파! 아프다고!"

마상필은 혈맥이 찢어질 듯 욱신거리자 비명을 질러 댔다.

"좋다."

"좋아? 마상필이 죽어도 좋다고?"

"젠장! 협상을 하겠다고. 말 좀 제대로 알아먹으란 말이다!"

"말은 그쪽이 못 알아먹었겠지."

진진은 한마디도 지지 않겠다는 듯 끝까지 말대꾸를 했다.
"원하는 걸 이야기해라."
"없어."
"뭐?"
"원하는 것 따위 없다고."
"협상을 원하지 않았나?"
"내가 아니라, 어떻게 하면 나를 만족시킬지 너희들이 고민해야 맞지 않나?"

진진은 왜 쓸데없이 자신이 고민을 해야 하냐며 피식피식 웃음을 흘렸다. 팽만해는 물론이고 객잔 안에 있는 모든 이들은 약속이나 한 듯 벙어리가 되었다. 모두 뭐 저런 놈이 다 있냐는 표정이다.

제6장

선인루

 마상필에게 원하는 답을 얻고 싶다면 스스로 고민하라는 말에 팽만해는 고민스런 표정이 되었다. 스스로 원하는 게 없다는 자를 무엇으로 만족시킬 수 있을지 선뜻 좋은 생각이 떠오르지 않았기 때문이다.
 그때 맥문이 잡혀 있던 마상필이 재빨리 입을 열었다.
 "지금 다들 뭔가 착각하고 있는 것 같군."
 마상필의 말에 진진은 맥문을 움켜잡았다.
 "엉뚱한 생각은 하지 말자."
 "엉뚱한 생각이 아니라… 아닙니다."
 마상필은 생각 좀 해 보라는 듯 다시 말을 이었다.
 "원하는 답을 가진 사람은 난데, 당사자는 빼놓고 협상을 하니 하는 말입니다."

"그 말은 순순히 말을 할 테니 살려 달라, 이런 뜻인가?"

마상필의 말에 팽만해가 곧바로 말을 받았다.

"뭐, 지금 상황에서 그것 말고 다른 게 있겠어?"

"좋다. 목숨을 보장하마."

팽만해는 진진이 끼어들 여유를 주지 않겠다는 듯 곧바로 약속을 했다.

"워, 워. 지금 이 사람들이 뭐 하는 거야. 정보를 얻어도 내가 얻고, 그걸 알려 줄지 말지도 내가 결정한다니까."

"아악! 제발!"

진진이 맥문을 다시 움켜쥐자 마상필이 몸을 부르르 떨었다.

"마상필, 네 목숨도 팽만해가 아니라 내가 가지고 있다는 걸 잊지 않았으면 좋겠어."

"무, 물론입니다."

마상필은 이 상황이 치욕적으로 느껴졌지만, 명분보다 실리를 중시하는 사파인답게 곧바로 고개를 끄덕였다.

"좋아. 나는 지금부터 마상필과 이야기를 나눌 생각인데, 다들 잠시 기다려 줬으면 좋겠어. 결과를 얻기 위해 나에게 무엇을 해 줄지 고민이라도 하라고."

진진이 팽가의 무인들을 물려 달라는 듯 눈짓을 했다. 팽만해가 어쩔 수 없다는 듯 고개를 끄덕이자 두 사람을 포위하고 있던 이들이 한쪽으로 물러섰다.

진진은 마상필의 맥문을 움켜쥔 채 천천히 뒤로 물러서더니 적당히 거리를 만들고 대화를 시작했다.

"저들이 원하는 게 뭐야?"

"그게 저도 잘……."

"지금 잔머리 굴릴 시간 없다는 건 알고 하는 소리지?"

"……."

"네 목숨은 내가 보장해 줄 테니 걱정하지 말고 이야기해 봐."

"정말입니까?"

"내가 너와 원수진 적이 있었나?"

"아니요."

"내가 널 괴롭힌 적은 있었고?"

"그것도……."

"그런데 왜 날 이런 상황에 끌어들였어. 다 네가 저지른 일이니 책임도 져야지."

"끙."

마상필이 인정하는 눈빛을 보이자 본격적으로 질문을 시작했다.

"자, 네가 알고 있는 것 중에 저 인간들이 환장을 할 정도로 듣고 싶은 게 뭐가 있는지 잘 고민해 봐."

"그게 하나 있기는 합니다만……."

"있어? 그럼 말해야지."

"그게 선인루(仙人樓)라는 것인데."

"선인루? 어디 객잔 이름인가?"

진진의 말에 마상필은 고개를 저었다.

"아닙니다. 무림에 내려오는 전설 같은 겁니다."

"쯧쯧쯧! 결국 보물찾기 비슷한 거였나?"

진진은 혹시나 했는데 역시나였다는 듯 혀를 찼다.

"그게 아닙니다."

"그게 아니면."

"초절정을 넘어 화경의 경지에 오를 수 있는 일종의 관문 같은 겁니다."

마상필의 말에 진진은 고개를 갸웃거렸다.

"무공이란 게 스스로 익히고 발전시키는 것 아니었나? 관문 같은 걸 통과한다고 경지를 올릴 수 있는 거였어?"

"그건 저도 잘 모르겠습니다. 하지만 초절정에 오른 고수들은 하나같이 선인루에 초청을 받았습니다."

"찾아가는 게 아니라 초청을 받는 거라고?"

"네."

"그래서."

"네?"

"그다음엔 어떻게 되었냐고."

"들리는 말엔 선인루에 올라 관문을 통과한 이들은 신선이 되었다는 말도 있고……."

"진짜로 그렇게 생각하는 건 아니겠지?"

세상에 관문 하나 통과했다고 신선이 되다니, 진진은 말도 안 되는 소리라 생각했다.

"믿는 사람도 있고, 아닌 사람도 있습니다."

"됐고, 그래서 선인루와 관련해 저들이 원하는 게 뭐야?"

"선인루에 오르는 방법입니다."

"그러니까 초청을 받지 않아도 그곳에 갈 수 있는 방법이 있다, 그런 건가?"

"네."

마상필의 말에 진진은 다시 혀를 찼다.

"초절정에 오르면 알아서 초청장이 온다며."

"네."

"그럼 그 전엔 선인루에 가 봤자 별 의미도 없는 거 아닌가?"

진진의 말에 마상필이 은근한 목소리가 되었다.

"그게, 선인루에 가면 신공절학이 쌓여 있다는 소문이 있어서."

"소문이라. 그러니까 그따위 소문 때문에 다들 욕심에 눈이 돌아갔다는 거네."

"네. 뭐… 그렇지 않겠습니까. 무림인이란 게 무공이라면 자다가도 벌떡 일어나는 족속인데."

"참 할 일도 없네."

"네?"

"신공절학이 많으면 뭐해. 어차피 인생은 짧고, 뭔가 배우고 익히기엔 한계가 뻔한 건데."

"……."

마상필은 진진의 말에 눈만 껌뻑였다. 진진도 무림인이 분명한데 여타의 무림인들과 전혀 다른 사고방식을 보였기 때문이다. 자신만 해도 선인루에 오르는 방법을 입수하자 나름 꿈에 부풀어 있는 상태였다. 그곳까지 가기 위해 시간과 비용이 만만치 않아 고수 체면도 던져 놓고 약장수 노릇까지 했으니 말이다.

"그래서."

"네?"

"아, 진짜 말귀 못 알아듣네. 그래서 그 방법이 뭐냐고."

"그게……."

"지금 이 상황에서도 욕심을 못 버리는 거야?"

"……."

"머리가 좋아 보이는데 이렇게 생각이 짧아서야."

"그게 무슨……."

"선인루는 초절정에 든 사람만 오를 수 있는 곳이라며."

"그렇죠."

"그렇다면 거길 지키는 놈들도 초절정이거나, 그 이상 강하다는 뜻 아닌가?"

"그… 그건……."

"거길 너 혼자 갔다 치자. 내가 보기엔 신공절학은커녕 맞아 죽을 가능성이 십이 할이다."

진진의 말에 마상필의 표정이 굳어졌다.

"신공절학이 딱 하나만 있는 것도 아니고, 많이 있다고 소문났다며."

"네."

"내가 너라면 힘 좀 쓴다는 놈들 다 끌고 가서 성공 확률을 높이는 쪽으로 머리를 쓰겠다, 이 말이지."

"아……."

"그러기 전에 먼저 선행될 일이 있지만 말이야."

먼저 선행되어야 가능한 일이란 말에 마상필이 눈을 반짝였다.

"그게 뭡니까?"

마상필의 물음에 진진이 어이없는 표정을 지었다.

"지금까지 살아서 돌아다닌 게 용하네."

"에?"

"아, 일단 오늘 당장 살고 봐야 할 것 아니냐고."

"그, 그렇군요."

마상필이 떨떠름한 얼굴로 고개를 끄덕였다.

"자, 너와 나는 서로 원수진 일도 없고, 싸울 이유도 없다."

"네."

"그런데 일이 요상하게 꼬여서 귀찮은 일에 끼어들었어."

"뭐, 그런 점도 있긴 하죠."

"그런데 나는 선인루든 신공절학이든 관심이 없어."

"네, 그것도 그래 보입니다."

"핵심은 나도 살고 너도 살고다, 이 말이지."

"네."

"그러니까 내놔."

"좋습니다. 선인루의 장소를 알려 드리겠습니다. 대신 제 목숨을 꼭 좀……."

"걱정하지 마. 내가 다른 건 몰라도 약속은 잘 지키니까."

"정말이겠죠?"

마상필이 여전히 불안한 눈빛으로 진진을 바라봤다.

"만약 저놈들이 약속을 어기고 헛짓을 하면 내가 목숨을 걸고 같이 싸워 주지. 어차피 그땐 나도 막장이 될 테니까."

진진의 말에 마상필이 고개를 끄덕였다. 어차피 약속이 틀어진다면 자신은 물론이고 진진도 무사치 못하니 말이다. 그땐 둘이 힘을 합쳐 이 난관을 극복하는 수밖에 없을 것이다.

"손바닥을 주십시오."

"응?"

"다들 열린 귓구멍인데 말로 하면 훔쳐 들을 것 아닙니까?"

"아, 그렇지."

마상필의 말에 진진이 손바닥을 내밀었다. 그러자 딴청을 부리며 귀를 쫑긋 세우고 있던 이들의 표정이 일그러졌다.

"적어 봐."

"네."

마상필은 다른 이들이 볼 수 없게 몸을 살짝 비틀어 선인루의 위치를 적어 내렸다.

"진짜?"

"네."

"하여간 등잔 밑이 어둡다더니."

"네?"

마상필이 그게 무슨 소리냐고 말을 했다.

"너도 몰랐던 거야? 그럼 그냥 찌그러져 있어."

진진과 마상필의 대화에 팽만해는 물론 다른 이들의 표정이 다양한 변화를 보였다. 마상필이 선인루의 위치를 알고 있는 것은 분명하지만, 그 위치가 정확히 어떤 곳인지는 알지 못하는 것으로 보였다. 그런데 의외의 인물, 어정쩡하게 사이에 낀 진진이 선인루의 정확한 위치를 알아낸 것으로 보인 것이다.

"자, 이제 이쪽 패는 준비가 되었다. 흥정을 시작해 보지."

진진이 웃는 얼굴로 좌중을 둘러봤다.

팽만해는 세가의 후기지수들을 모아 급히 의견 절충을 시작했다. 흥정을 한다고 했으니 적당한 대가만 치르면 얼마든지 선인루의 위치를 손에 넣을 수 있게 된 것이다.

물론 진진의 말을 있는 그대로 믿기는 어려웠다. 하지만 그것이 진실인지, 아닌지는 충분히 알아낼 방법이 있었다. 나름 관계가 돈독해 보이는 제갈미령을 이용할 생각이다.

팽만해가 의견을 조율하는 동안 마상필은 자신의 의구심을 진진의 손에 적어 내렸다.

〈등장 밑이 어둡다니, 그게 무슨 말입니까?〉
〈너 진짜 백면호리 맞아?〉

마상필의 물음에 진진은 한심하다는 표정을 지었다.

〈제 머리가 이렇게 부족한지 대협 덕분에 처음 알았습니다. 답답함 좀 풀어 주시죠.〉
〈바람 잡은 거야.〉
〈네?〉
〈저들에게 혼란을 주기 위해서라고. 정말 모르겠어?〉

"아……."

마상필은 진진의 의도를 파악했는지 자신도 모르게 감탄사를 보였다.

〈조용히 모르는 척하고 있어. 괜히 산통 깨지 말고.〉
〈네.〉

두 사람이 수담을 나누는 동안 의견을 정리한 팽만해가 고개를 돌렸다.

"결정했어?"

"우리가 내놓을 것은 한 가지뿐이다."

"한 가지라. 뭐, 가짓수가 중요한 건 아니니까. 일단 들어 보자고."

"두 사람의 안전."

"달랑 그거 하나?"

"지금 상황에 그거 이상 중요한 게 있을까?"

"뭐, 그것도 틀린 말은 아니네."

진진이 긍정적인 답을 했다.

"그럼 흥정은 마무리된 건가?"

"우리 목숨이야 당연한 거라는 뜻이지."

"그것 말고는 딱히 줄 만한 게 없어 보이는데."

"그럴 리가!"

진진은 정말 그게 최선이냐는 듯 팽만해를 바라봤다.

"어차피 너는 원하는 게 없다고 하지 않았나."

"그땐 그랬었지. 하지만 조건이 너무 허술하다 보니 이것저것 막 떠오르는걸."

"들어 보지."

팽만해는 그럴 줄 알았다는 듯 고개를 끄덕였다. 어차피 자신들이 어떤 조건을 내놓아도 시비를 걸 거라 생각했기에 애초부터 목숨 보장만 내놓은 것이다.

"첫째, 선인루의 위치 값."

"값? 돈을 내놓으라는 말인가?"

팽만해는 어이없는 표정을 지었다.

"이왕이면 다홍치마라고, 목숨은 물론 돈도 한몫 챙기는 게 좋을 것 같아서."

"어느 정도 값을 원하는 거지?"

팽만해의 말에 진진이 고개를 저었다.

"아니지. 이번엔 네가 이야기할 차례지."

"은자 백 냥."

"장난해?"

"……"

"최소 금자 백 냥은 되어야 타산이 맞는다고 보는데."

"금자 백 냥? 미쳤군."

"싫으면 말고."

진진은 배 째라는 식으로 버텼다.

"그 돈을 지불하고자 해도 준비하는 데만 몇 날이 걸릴 것이다."

"그건 내 알 바 아니지. 다행스럽게도 여긴 객잔이고, 먹고 자는 덴 전혀 문제가 없거든."

"금자 열 냥이면 생각해 보겠다."

"서른 냥. 그 이하는 불가!"

"당장 준비할 수 있는 금액은 열다섯 냥이 전부다."

"호, 확실히 무림세가는 돈이 많네. 좋아, 팽가는 열다섯 냥!"

"그게 무슨 소리냐?"

"팽가는 열다섯 냥 내고, 다른 사람들이 열다섯 냥 맞추면 서른 냥 되잖아."

"하지만……."

"대신 팽가에는 선인루에 대한 정보를 절반 주지."

"그게 무슨 소리냐?"

"돈값에 맞춰 정보를 나눠 주겠다는 말이다."

진진은 그게 합당한 거래 아니겠냐며 팽만해와 세가의 후기지수들을 바라봤다.

"어차피 같이 움직일 것 아닌가? 한쪽에 정보를 몰아주는 것보다 서로 나눠 가지는 것이 배신의 위험도 적고 그럴 것 같은데."

금자 서른 냥과 정보 분할이라는 말에 떨떠름한 표정을 짓고 있던 후기지수들은 '배신의 위험성'이 흘러나오자 눈빛을 반짝였다. 그렇지 않아도 팽가가 주도적으로 움직이면서 불리한 입장인데, 정보를 나누어 가지게 되면 동등한 상황이 되는 것이다.

팽만해는 흥정의 주체가 자신에게서 모두에게로 넘어가자 이를 악다물었다.

'저놈의 세 치 혀를 뽑아 버리고 싶다!'

팽만해는 분통이 터졌지만 그렇다고 화를 냈다간 배신 운운하는 진진의 말에 힘을 실어 주는 꼴이 될 것이다.

"어떻게 하겠느냐?"

팽만해는 후기지수들에게 의견을 물었다.

"가진 돈을 맞춰 보니 얼추 열다섯 냥이 될 것 같습니다."

당하지가 대표로 나서 답을 했다. 그새 주머니를 열어 본 모양이다. 팽만해는 길게 한숨을 쉬더니 진진을 바라봤다. 이제 됐냐는 의미다.

"좋아. 첫 번째는 됐고."

"또 있단 말이냐?"

"말했잖아. 첫 번째는 값을 매기는 거라고. 그럼 두 번째도 당연히 있다는 말이지."

"더 이상은!"

"두 번째는 팽만해 당신과 비무다."

"뭐라고?"

"당신과 한판 붙어 보겠다고."

"정말이냐?"

"그럼 농담일까?"

진진의 요청은 팽만해 입장에선 바라 마지않는 일이었다. 비무를 통해 진진을 잡거나 죽일 수 있다면 앞의 조건들은 모두 무효나 마찬가지가 되는 것이다.

"비무라… 받아들이지. 하지만 그 전에 나도 조건이 있다."

"정보를 넘겨달라는 거겠지?"

"물론이다."

"뭐, 그 정도야."

진진이 정보를 넘기겠다고 하자 마상필이 뜨악한 얼굴이 되었다. 목숨에 금자까지 챙길 때는 대단하다는 표정이었지만, 뜬금없이 비무를 운운할 땐 이건 또 무슨 소린가 했다. 그런데 비무 전에 정보를 넘기겠다니, 이건 죽겠다고 목을 내놓는 꼴이었다.

"대협, 안 됩니다!"

"생사를 건 결투도 아니고 비무잖아. 아무리 팽만해가 곰 같은 너구리 소리를 듣고 있다고 해도, 이렇게 사람이 많은 데서 암수를 쓰진 않을 거야."

"그런 의미가 아니지 않습니까."

자칫 부상이라도 입는 날엔 지금까지 협상은 허공에 떠 버리는 것이다.

"다시 한 번… 읍!"

진진은 시끄럽다는 듯 마상필의 아혈을 눌러 버렸다.

진진의 실력을 겪어 본 진지승과 남궁상이 혹시나 하는 마음에 비무를 막으려 했지만, 당하지에게 제지를 당했다.

"저러다 지기라도 하면……."

"그것도 나쁘지 않으니 그냥 있으라는 소리다."

"네?"

"똑같이 정보를 나눈다 해도 여전히 우리가 불리한 상황이다. 하지만 만에 하나 팽만해가 상처라도 입는다면……."

당하지의 말에 진지승이 '아!' 하며 물러섰다. 하지만 남궁상은 여전히 맘에 들지 않는 표정이다. 아무리 서로가 경쟁하는 관계라고 하지만, 이런 식의 일 처리는 차후 문제를 일으킬 수도 있다 생각했기 때문이다.

"남궁상."

"네."

"네가 무슨 생각을 하는지 잘 안다."

"그렇다면……."

"그래서 너보고 순진하다는 거야."

"네?"

"잘 보라고."

당하지는 앞으로 걸어 나가더니 팽만해에게 말을 건넸다.

"형님."

"비무를 막을 생각이라면 물러서라."

"제가 어찌 막겠습니까. 하지만 한 가지 아셔야 할 게 있습니다."

"뭐지?"

"제갈진수의 말에 따르면 저자의 경지는 최소 절정이라고 했었습니다."

"뭐?"

팽만해는 믿을 수 없다는 표정을 지었다. 아무리 봐도 스물 초중반의 얼굴이다. 거기다 외적으로 절정으로 보일 만큼 강력한 기세도 찾아볼 수가 없었다. 그런데 최소 절정이라니. 믿을 수 없는 말이었다.

"만에 하나 그렇다 해도 내가 이길 것이다."

"하지만 형님은 절정 초입이지 않습니까."

"누가 그러더냐?"

"네? 하지만 들리는 말에……."

"흥! 세간의 소문은 그래서 믿을 게 못 되는 거다."

"그럼……."

"완숙한 절정에 오른 지 일 년이 넘었다. 그러니 너는 조용히 지켜나 보거라."

"그, 그렇습니까?"

당하지가 놀란 표정으로 되물었지만, 팽만해는 더 이상 이야기나 나눌 여유가 없다는 듯 그를 물리쳤다.

당하지가 뒤로 돌아오자 다들 놀란 표정으로 입을 열었다.

"팽 형님이 완숙한 절정의 경지라니, 그게 사실입니까?"

"본인 입으로 말했으니 사실이겠지. 어쩌면 그래서 마상필도 자신이 상대하겠다고 했는지 모르겠군."

당하지는 그가 초입의 실력이라 해도 강한 호승심 때문에 진진과의 비무를 포기하지 않을 거라 생각했다. 최소한 진진의 실력이 어느 정도인지 알려 주고, 나중에 문제가 생길

지라도 충분히 제지를 했다는 등의 명분을 얻으려 했는데 오히려 놀람만 늘어서 물러선 꼴이 되었다.

"절정이 동네 북도 아니고 개나 소나 다 절정이군."

당하지는 짜증 난다는 듯 인상을 썼다.

"누가 이기든 우리는 정보만 손에 넣으면 그만이다."

당하지의 말에 진지승이 맞장구를 쳤다.

"저러다 양패구상이라도 하면 우리야 좋지요."

당하지의 말에 당연하다는 듯 고개를 끄덕이던 진지승이 '그럴 리 없으시겠죠?' 하는 표정으로 질문을 꺼냈다.

"그런데 진진 저놈을 정말 이대로 보내 줄 생각이십니까?"

"누가 이기든 우리에게 손해 날 것은 없다고 너 스스로 말하지 않았냐."

"아, 그렇다면……."

"어차피 여긴 우리들밖에 없다. 그때 그 객잔에서처럼."

당하지의 말에 제갈미령이 인상을 찡그렸다.

"암습이라도 하자는 건가요?"

"제갈 소저야말로 갑자기 왜 이러는 겁니까? 그날 암습에 앞장섰던 사람이 누구인지 잊어버린 겁니까?"

"하지만 이 비무는 팽가의 소가주가 직접 나선 겁니다."

"그래서 더더욱 그냥 둘 수 없죠. 이기면 그만이지만, 만에 하나 문제가 생긴다면……."

당하지는 서늘한 눈빛으로 세 사람을 바라봤다.

"또 놓칠 수는 없는 일 아니겠습니까? 진진 저자가 더 이상 활개 치는 모습은 보고 싶지 않군요."

당하지의 단호한 음성에 진지승은 힘차게 고개를 끄덕였고, 남궁상 역시 호응하는 분위기가 되었다. 유일하게 제갈미령만 동조를 하지 못하고 답답한 표정을 지었을 뿐이다. 하지만 과거 자신이 저지른 일이 있다 보니 그래선 안 된다고 말하는 것도 난감한 처지가 되었다.

제7장

찰거머리 난입하다!

"자, 입금부터 합시다."

진진은 무슨 생각들이 그리 많냐는 듯 손을 내밀었다. 정보를 얻으려면 앞의 조건을 지키라는 것이다.

팽만해는 당하지가 모아 온 금자와 자신의 금자를 합쳐 진진에게 던져 주었다. 슬쩍 주머니 안을 살핀 진진은 흡족한 표정을 지으며 금자를 챙겼다.

"이번엔 네 차례다."

"당연히 지켜야지."

진진은 남궁상과 팽가의 무인 한 명을 가리켰다.

"두 사람에게 알려 주면 되겠지?"

진진의 말에 팽만해는 마음대로 하라는 듯 고개를 끄덕였지만, 당하지는 곧바로 문제를 제기했다.

"내가 받겠다."

"그건 안 되겠는데."

"왜 안 된다는 것이냐."

"틈만 나면 나를 죽이려고 궁리하는 인간에게, 그것도 당가의 인간의 손을 잡으라고? 내가 미쳤나?"

"내 명예를 걸고 약속하마. 정보만 받고 물러서겠다."

"남궁상은 명예가 없나 보네."

"뭐라?"

"그렇잖아. 남궁상에게 들으면 그만일 텐데 굳이 자신이 받겠다는 것은 남궁상을, 아니 이럴 땐 남궁세가를 못 믿는 거라고 해야 하나?"

"……."

당하지가 입술을 깨물며 아무런 말도 하지 못하자 남궁상이 앞으로 나섰다.

"당 형님, 있는 그대로 전해 드리겠습니다."

"그래… 알았다."

남궁상이 앞으로 나서자 당하지는 어쩔 수 없다는 듯 뒤로 물러섰다.

"손바닥."

진진은 두 사람이 앞으로 나서자 자신이 그랬던 것처럼 글로 적어 주겠다며 손바닥을 요구했다.

"그 전에 네가 넘겨주는 정보가 정확한지, 아닌지 어떻게 장담하지?"

"흠, 그것도 그렇네."

진진이 어떻게 하면 믿겠냐며 팽만해를 바라봤다.

"제갈미령."

"응?"

"네 정보가 정확하다는 것에 제갈 소저를 걸어라."

"뭘 걸라고?"

"제갈 소저의 명예를 걸라는 말이다."

"내가 왜?"

"너와 친분이 있지 않느냐."

"이런, 뭔가 잘못 알고 있나 보네. 내가 친분이 있는 건 미령의 오빠 제갈진수야. 제갈미령이 아니고."

"좋다. 그럼 제갈진수의 명예를 걸어라."

"제갈진수의 이름을 걸고 내가 알려 준 정보가 진실임을 맹세하라는 거지?"

"그렇다. 너도 남자라면 그 정도 맹세는 할 수 있겠지."

"진수의 이름을 걸고 맹세하라……. 하, 이거 고민스럽게 하네."

"무슨 뜻이냐?"

"쩝! 장난 좀 치려고 했는데 못하게 됐다는 의미지."

진진이 아쉽다는 표정을 짓자 팽만해는 물론 다른 이들

의 얼굴도 일그러졌다. 결국 제갈진수를 들먹이지 않았다면 정보 자체를 왜곡시키려 했다는 의미인 것이다.

"좋아. 다른 사람도 아니고 진수 이름을 거는 거라면 나도 허투루 할 수 없지. 맹세하마."

진진의 말에 팽만해와 당하지는 안도하는 표정이 되었다. 하지만 제갈미령은 어딘지 모르게 불만스런 얼굴이 되었다. 어차피 맹세하는 것 자신이면 어떻고, 오라버니면 어떻단 말인가. 굳이 자신과의 관계를 '불편한 사이'로 공표까지 할 필요는 없었는데 말이다.

진진은 제갈미령이 불만을 보이든 신경질을 부리든 자신과 아무런 상관이 없다는 듯, 남궁상과 팽가 무인의 손에 절반씩 선인루의 정보를 적어 주었다. 팽가의 무인과 남궁상이 고개를 끄덕이자 팽만해가 앞으로 나섰다.

"그럼 이제 우리 둘만 마무리 지으면 되는 것인가?"

"그런 셈이지."

진진은 봇짐에서 박도 하나를 더 빼 들고 앞으로 나섰다. 무림에 나와 처음으로 쌍도를 빼 든 것이다.

'이봐! 내 혈도는 풀어 줘야지!'

마혈과 아혈이 잡혀 벙어리 냉가슴이 된 마상필은 그냥 가면 어떻게 하냐는 듯 애절하게 바라봤다. 하지만 마상필의 존재는 다른 이들의 관심에서 멀어진 지 오래였다. 원하는 정보를 얻은 상태인 데다 마혈까지 잡혀 있으니, 진진만 쓰러트리면 만사형통이라 생각했기 때문이다.

"절정이라 들었다."

"그렇다고 하더군."

팽만해의 말에 진진은 고개를 끄덕였다. 사실 보통의 무림인들과 달리 독특한 형태로 무공을 쌓다 보니 자신의 경지가 정확히 어느 정도인지 알지 못했다. 그저 그 정도일 거라는 말에 그럴 수도 있겠다 생각할 뿐이다.

"시작하기 전에 한 가지 묻고 싶은 게 있다."

"뭔데?"

"말재간은 물론이고 절정의 무위를 지녔다면 마상필과 함께 힘을 합쳐 도망을 칠 수도 있었다."

"그런데?"

"왜 무리를 하는 거지?"

진진의 무위가 절정이 확실하다면 마상필과 힘을 합쳤을 때 오히려 큰 피해를 입힐 수도 있었다. 물론 두 사람을 놓칠 거라고 생각하진 않았지만, 그 과정에 많은 이들이 다치고 목숨을 잃었을 것이다.

"내가 너와 원수진 일이 있나?"

"오늘 처음 봤다."

"나도 마찬가지다. 물론 저기 네 사람과는 얼마 전 껄끄러운 일이 좀 있기는 했지만, 너와는 아무런 관계도 없지."

"피를 볼 이유가 없었다는 건가?"

"서로 원하는 것을 찾으면 기분 좋게 헤어질 수도 있지 않겠어? 굳이 무리를 해서 싸워 봤자 누군가는 죽고, 누군가는 병신이 될 뿐이지. 운 좋게 빠져나간다고 해도 하북팽가와는 두고두고 껄끄러워질 것이고."

"크하하하!"

팽만해가 갑자기 웃음을 터트렸다.

"기분 나쁜 웃음은 아니니 다행이네."

"무림에 너 같은 자도 있다니. 생각보다 나쁘지 않은 기분이다."

"그럼 다행이고."

"하지만 여전히 내 물음엔 답을 하지 않았다."

진진의 말이 사실이라면 굳이 비무까지 요청하지 않아도 충분히 해결할 방법이 있었을 것이다.

"인질범으로 오해받은 적이 있었다."

"인질범이라."

"이게 의도한 적은 없는데 자꾸 반복이 되네. 이유야 어찌 되었든 마상필도 인질이 된 셈이었잖아."

"그렇게 볼 수도 있지."

"그게 싫어서."

"무슨 말인지 모르겠군."

"인질 따위는 없어도 얼마든지 헤쳐 나갈 수 있었다는 걸 보여 주고 싶어서."

"자존심인가?"

"뭐, 그렇게 생각하든지. 사설이 길어지는데 계속 떠들고만 있을 건가?"

"아니, 시작하지."

팽만해는 어깨에 올려놓고 있던 거대한 도를 끌어 내렸다.

"하북팽가의 팽만해다. 친구들은 군자도라고 불러 주고 있지. 도왕 팽진철 숙부께 가르침을 받았으며, 사용할 도법은 팽가도법이다."

"열공무관의 진진. 딱히 명호 따위는 없군. 나도 숙부에게 배웠는데 오호쌍도법이라고 하더군. 딱히 족보 있는 도법은 아니고, 숙부가 죽지 않기 위해 만들었다고 하더라고."

두 사람은 각자의 소속을 밝히며 앞으로 나서는 순간 망설임 없이 몸을 날렸다.

깡! 까가가강!

순식간에 수십 합의 충돌이 일어나며 두 자루 박도와 거도 사이에 불꽃이 튀었다. 강호의 도법 중에서도 파괴력만 따진다면 둘째가라면 서러워할 도법이 팽가도법이다. 그런데 그 강맹한 힘을 싸구려 박도 두 자루로 막아 내는 진진의 도법은 사람들에게 적지 않게 놀라움을 선사했다.

"흘려 막기인가?"

"네 도를 봐. 정면으로 막았다간 내 박도가 단번에 부서

질걸?"

"언제까지 막을 수 있는지 보마."

팽만해는 단번에 진진의 박도를 부숴 버릴 작정이었는데 맘대로 되지 않았다.

'오 성의 내력을 기교만으로 막아 냈다. 절정도 그냥 절정이 아니다.'

팽만해는 가볍게 상대하려던 마음을 버리고 일 갑자에 달하는 내공을 모조리 끌어 올렸다. 전력을 다할 셈이다.

팽가도법은 강맹함을 담고 있어 파괴력에선 월등하지만, 그만큼 소모되는 힘이 많아 장기전으로 가면 오히려 불리한 점이 많았다. 보통은 무기가 부딪치면서 상대에게 충격을 전달해 우위를 점해야 하는데, 진진이 모든 공격을 흘려 버리니 오히려 손해를 본 것이다.

'힘을 흘리는 것도 어차피 한계가 있다. 충격이 중첩되면 결국 버티지 못할 것이다.'

삼 초식 안에 진진의 도를 꺾어 버리기로 마음먹은 팽만해는 폭발적인 힘으로 다시 공격을 시작했다.

뒤쪽으로 물러나 대결을 지켜보고 있던 당하지 일행은 표정이 무겁게 가라앉았다. 자신들이 당했던 것은 암격 때문이라 생각했는데, 도(刀)로는 쉽사리 상대를 찾을 수 없다는 팽가를 상대로 전혀 밀리지 않았기 때문이다.

"한 가지 무기만 전념한다 해도 쉽지 않은 일인데, 저자는 단검술에 비도술, 거기다 도법까지 익히고 있군요."

남궁상의 말에 제갈미령이 한마디 덧붙였다.

"거기다 의술도 무시할 수 없는 수준이었죠."

남궁상과 제갈미령의 대화에 당하지는 무슨 일이 있어도 진진을 제거해야겠다고 마음먹었다. 이미 틀어질 대로 틀어진 사이인데, 저 나이에 절정의 무위와 다양한 무공까지 익히고 있다면 차후 골치 아픈 적으로 성장할 게 분명했다. 진진은 당하지 등을 적으로 보기보단 귀찮은 존재로 여기고 있었지만, 무림세가에 몸담고 있는 당하지 입장에선 자신과 진진의 관계를 가문과 연계해 생각한 것이다.

팽만해와 진진의 대결은 예상과 달리 장기전으로 발전했다.

'젠장! 내공 수위가 나보다 높지 않은 게 분명한데 어떻게 계속 버틸 수 있는 거야!'

진진의 움직임이 절정의 무위임은 인정했지만, 그렇다고 내력까지 자신보다 높다고 보진 않았다. 강맹한 도법 때문에 다른 세가보다 내공을 중시하는 팽가고, 그 안에서 가문의 지원을 받아 내공을 수련한 팽만해다. 또래의 후기지수 중에 월등한 무위를 자랑하는 것도 내공의 힘이 바탕이 되었는데, 진진에겐 전혀 통용이 되지 않고 있었다.

두 사람은 다시 한 차례 충돌을 한 뒤 각각 뒤로 물러섰다.

"절정이라고 했었지?"

진진이 물었다.

"그렇다."

"절정 다음엔 초절정이고?"

"뭐가 궁금한 거지?"

"너는 절정의 어느 정도인지 알고 싶어서."

진진의 질문에 팽만해가 마상필을 가리켰다.

"저자가 절정에 올랐다고 알려진 게 삼 년 전이다."

"그래? 허접해 보이던데……."

진진의 말에 마상필의 얼굴이 구겨졌다. 완숙한 절정의 경지를 허접이라니 한마디 하고 싶었지만, 꼼짝도 할 수 없으니 울화통만 치밀었다.

"절정에 오른 기간은 내가 더 짧다. 하지만 현재 경지만 따진다면 내가 더 높을 것이다."

"내가 보기도 그렇기는 해. 놀고먹은 약장수와 능력 있는 가문의 지원을 받는 차이겠지?"

"……."

"기분 나쁘게 듣진 말고. 아무튼 그래서 완숙한 절정이라는 건가?"

"가문에선 그렇게 평가를 받고 있다."

"흠, 그럼 나는 뭘까."

진진의 말에 팽만해는 선뜻 입을 열지 못했다. 한 식경 가까이 대결을 벌였는데 자신은 지쳐 가는 상태고, 진진은 아직도 여유가 넘쳐 보였다.

자신이 완숙한 절정이라면 진진은 어느 정도 경지로 봐야 할까. 완숙한 절정의 경지를 벗어나면 초절정의 경지가 있다. 물론 완숙하다고 해서 누구나 초절정의 경지에 오르는 것은 아니다. 초절정이라 칭하고는 있지만 거의 화경 직전의 단계를 뜻하기 때문이다.

"내가 오히려 궁금하군."

"쩝."

팽만해의 말에 진진은 아쉽다는 듯 입맛을 다셨다.

"이쯤 하자."

"승부를 내지 않고 끝내자는 말인가?"

"서로를 알 만큼은 겨뤘잖아."

"……."

"내가 원한 건 너희들이 나를 살리고 죽이고 할 수 있는 사람이 아니란 것을 보여 주고 싶었을 뿐이다. 이유는 모르겠지만, 만나는 사람마다 나를 만만하게 보는 것 같아서 말이지."

진진의 말에 팽만해는 도를 거두었다. 억지를 부린다고 해서 자신이 이길 수 있는 대상이 아님을 이미 인정하고 있었기 때문이다.

"인정하지. 너는 우리들이 죽이고 살리고 하는 걸로 조건을 걸 만한 존재가 아니다."

"좋아. 그럼 이쯤에서 각자 갈 길을 가면 되겠지?"
"우리를 적대시하지 않는다면."
"아직도 모르겠어? 나는 귀찮은 일은 딱 질색이라고."
 진진이 피식 웃으며 별걸 다 걱정한다는 표정을 지었다. 하지만 진진이 멀쩡히 걸어 나가는 걸 절대 용납할 수 없는 사람이 있었다.
"팽 형님, 그건 안 될 말입니다."
"무슨 소리냐?"
"저자를 살려 줘서는 안 된다는 말입니다."
"지금 약속을 어기라는 말이냐?"
"모르겠습니까? 저자는 강호의 비밀을 손에 넣었습니다. 이대로 보내 준다면 차후 복잡한 일들이 생길 것입니다."
 당하지의 말에 팽만해가 진진을 바라봤다.
"선인루? 관심 없다. 네가 원한다면 죽을 때까지 모른 척해 줄게."
"흥! 무림인이 신공절학에 관심이 없다는 말을 믿으라는 것이냐?"
"그럼 어쩌자는 건데?"
"죽은 자는 말이 없는 법이지."
 당하지의 말에 팽만해가 입을 열었다.
"당하지, 우리는 명문 정파 사람이다. 무슨 소리를 하는 것이냐?"

"그러기에 더더욱 저자는 살려 줄 수 없는 겁니다. 명문 정파가 가장 앞장서야 할 일이 무엇입니까? 바로 사파의 척결입니다."

"저자는 사파가……."

팽만해는 진진의 태도가 거칠기는 하나 결코 사파의 것이라 볼 수 없다는 말을 하려 했다. 하지만 그 순간 객잔 입구에 소란이 일며 팽가의 무인이 튕겨져 들어왔다.

"막아라!"

"객잔에 들어갈 수 없다!"

입구를 지키고 있던 무인들이 소리를 지르며 누군가를 막기 시작했다. 그러나 난입하려는 자의 실력이 만만치 않은지 점차 밀리기 시작했다.

"비켜라! 막지 마라!"

까강! 챙! 챙!

"크윽!"

"피… 피해!"

팽가의 무인들이 급히 몸을 날리며 비켜서자 피칠갑을 한 인물 하나가 객잔 안으로 들어왔다.

"뭐냐!"

"막아!"

"감히 어떤 놈이!"

팽가의 무인들은 입구 쪽으로 달려가며 괴인을 막으려고

했지만 피범벅이 된 괴인이 한발 빨랐다.

"주인! 나빠!"

"주인?"

"무슨 소리지?"

무인들은 공격을 멈추고 잠시 뒤로 물러섰다. 객잔 안에 있는 누군가와 관계가 있는 것으로 보였기 때문이다.

"으잉? 아부?"

박도를 챙겨 넣으며 봇짐을 둘러메던 진진이 한나절 전에 대장간에 던져 놓은 찰거머리의 목소리가 들려오자 뜨악한 얼굴이 되었다.

"주인! 내가 염병하고 지랄한다고 했는데 나를 버렸다!"

"캑!"

진진은 아부의 우렁찬 외침에 사레가 걸렸다.

"주인은 아부 버릴 수 없다. 알라께서 용납 안 한다!"

"미치겠네. 몸은 왜 또 그 모양이야?"

"주인에게 오려고 고생했다."

"……."

진진은 아부의 억지스런 외침에 답답한 표정이 됐다.

"아는 자입니까?"

팽만해는 이국적인 외모에 이빨이 숭숭 나간 도를 든 자를 가리켰다.

"아, 그게… 설명하기가 복잡한데."

진진이 아부와 자신의 관계를 어떻게 이야기해야 할지 난감한 표정을 짓는 사이 객잔 밖에 다시 소란이 일었다.
"비켜라!"
"누구냐!"
"누구? 감히 낙양에서 철기방의 행사를 막는 너희들이야말로 누구냐!"
화차라도 삶아 먹은 듯 우렁찬 목소리가 객잔 안까지 쩌렁쩌렁 울려 퍼졌다.
"소가주, 철기방이라면 무림에서 꽤 알려진 방파입니다."
"알고 있다. 그런데 아무래도 저자와 관계가 있는 것 같구나."

팽만해는 진진을 바라보며 어떻게 좀 해 보라는 눈짓을 했다. 보아하니 진진을 주인이라 부르는 이방인이 철기방과 문제를 일으킨 것 같은데, 자칫하면 일이 커질 수도 있기 때문이다. 아무리 자신들이 무림세가의 일원이라고 해도 한 지역을 움켜쥐고 있는 방파와 문제를 일으킬 수는 없었다.

마상필을 쫓는 일이나 객잔을 장악한 일 모두 치고 빠질 생각에 속전속결을 한 것인데, 철기방이 그 일을 알게 된다면 문제를 삼고 나올 게 분명했다.

타 지방에서 행사를 벌이려면 터를 잡고 있는 방파에 인사 정도는 하고 일을 벌여야 했다. 아무리 좋은 일을 해도 그것이 자존심을 건드는 일이 된다면 오히려 욕을 먹는 경우가 다반사였다. 거기다 철기방주 원해룡은 야비하기가 이를 데 없고, 그 휘하 대장장이들도 포악하기로 소문이 났다. 문제가 생긴다면 골치가 아플 게 분명했다.

많고 많은 방파 중에 하필이면 철기방이라니. 남의 말은 듣지 않고 자기 말만 하기로 유명한 자들이라 팽만해는 벌써부터 골치가 지끈거렸다.

"주인, 이들은 누구냐? 주인을 괴롭히는 거냐? 내가 지켜 준다!"

아부는 진진을 중심으로 무기를 들고 있는 이들을 보더니 대뜸 소리를 질렀다. 그러자 밖에서 소란을 피우고 있던 철기방 사람들이 다시 언성을 높였다.

"이 안에 있는 게 맞습니다. 그자의 목소리가 들립니다."

"막으면 친다!"

"네, 방주님!"

치고 들어오겠다는 철기방의 외침에 팽가의 무인들은 어쩌면 좋겠냐며 팽만해를 바라봤다.

"길을 열어라."

"네, 소가주."

팽가의 무인들이 순순히 입구에서 물러서자 근육으로 다져진 철기방 사람들이 우르르 몰려들었다. 거대한 도끼부터 흉측한 쇠망치까지 온갖 살벌한 무기를 손에 들고 있었다.

아부는 '앗! 뜨거!' 하는 표정을 짓더니 후다닥 진진 곁으로 이동을 했다.

"아부, 도대체 무슨 짓을 벌인 거냐?"

"나쁘다. 블레이드 필요 없다고 해도 일 시켰다."

"도대체……."

"주인, 도망친다. 숫자 너무 많다."

"도망은 무슨. 내가 잘 말해 줄게."

"아니다. 도망쳐야 한다. 망치 늙은이 말 안 통한다."

아부가 빨리 도망쳐야 한다며 재촉을 했다. 진진은 아부의 몸에 난 상처도 그렇고, 이곳으로 오는 동안 적지 않은 충돌이 있었음을 알았다.

"설마 사람이라도 죽인 거냐?"

"나 죽을 뻔했다. 싸워야 했다."

아부는 정당방위를 이야기했지만 진진이 듣기엔 '그래서 죽였다'로 들렸다.

"아부."

"말해라."

"나 주인 안 한다."

"안 된다! 주인이다. 나 혼자 못 산다!"

"그래서 못하겠다고! 죽으려면 혼자 죽어!"

진진은 아부와 거리를 벌리며 떨어지려 했지만 그대로 있을 아부가 아니다. 거머리란 별명답게 진진의 곁에서 한 발짝도 떨어지지 않았다.

"흥! 도둑놈이 여기 있었군!"

진진이 대장간 주인이라고 불렀던 철기방 방주 원해룡이 씩씩거리는 얼굴로 걸어 들어왔다.

진진은 당신이 말하는 '그 도둑놈' 여기 있다며 아부를 앞으로 밀어 냈다. 그러나 원해룡은 아부가 아닌 진진에게 시선을 집중했다.

"역시 의도적이었군."

"무슨 말인지……."

"연극은 그쯤 해도 되지 않나?"

원해룡은 갈아 마셔도 시원치 않다는 표정으로 진진을 노려봤다.

"아니, 내가 뭘……."

"수하를 시켜 철기방의 보물을 훔치게 만들다니. 어수룩하게 봤는데 크게 당할 뻔했어."

철기방주는 송곳이 촘촘히 박혀 있는 쇠망치를 텅 소리가 나게 내려놓았다.

"그게 무슨 말인지……."

진진은 정말 영문을 모르겠다는 듯 원해룡을 바라봤다.

"시끄럽고, 훔쳐 간 물건을 내놓아라. 그러면 팔 한쪽만 잘라 내고 용서해 주마."

"아, 젠장! 무슨 소린지 모르겠다고!"

진진이 답답해 죽겠다는 듯 버럭 소리를 질렀다.

"그거야 네 노예에게 물어보면 될 일이다. 흠, 그런데 어디서 오신 분들이신가? 낙양에선 못 보던 얼굴들인데."

아부와 진진에게 꽂혀 있던 원해룡이 주변을 둘러보며 다른 이들의 정체에 호기심을 보였다.

"팽만해라고 합니다. 철기방의 방주님을 뵙습니다."

"팽가? 하북팽가가 여기서 뭘 하는 거지?"

아부 때문에 반쯤 꼭지가 돌아 있는 원해룡이다. 평범한 자리에서 만나도 시큰둥할 사람인데 상황이 좋지 못하니 말소리가 더 거칠었다.

"낙양에 무슨 일이겠습니까. 친우들과 여행 중에 풍물을 즐겨 볼까 잠시 들렀습니다."

친우들이 있다는 말에 앞만 보고 있던 원해룡의 시선이 객잔 안을 쭉 훑었다. 자신이 알던 평소의 객잔 풍경이 아니다. 집기는 창문과 통로 쪽에 마구잡이로 쌓여 있다. 거기다 일반인으로 보이는 이들은 한 명도 보이지 않았다.

"풍물 구경은 아닌 듯한데?"

"그럴 리가요."

팽만해는 오해하지 않았으면 좋겠다며 급히 말을 덧붙였다.

그때 철기방 대장장이 한 명이 우렁찬 목소리로 마상필

의 이름을 외쳤다.
"방주님! 저기 백면호리입니다. 백면호리 마상필입니다!"
"오호, 마상필이! 그 개자식이 여기 있었어?"
 원해룡은 진진과 아부 뒤쪽에 멀뚱한 모습으로 서 있던 마상필을 발견했다. 그의 얼굴에 웃음인지 분노인지 분간이 가지 않는 기괴한 표정이 생겨났다.

제8장

힘들어 죽겠다

마상필은 철기방이 나타난 순간부터 사색이 되었다.

'젠장! 왜 저 인간이 여기에…….'

정보가 털리긴 했지만 그래도 목숨은 보장받았고, 이제 곧 팽만해의 손에서 벗어날 예정이었다. 그런데 팽만해는 비교도 되지 않는 존재가 나타난 것이다.

팽만해는 아직 젊다. 호승심이 많은 반면 협객에 대한 욕심도 있어 그나마 대화가 통했다. 하지만 원해룡과 그가 이끄는 철기방은 애초부터 말이 통하지 않는 존재였다. 자기가 하고 싶은 말만 하고, 자기가 하고 싶은 행동만 한다.

보통 사람들이 최소한의 학문과 예의범절을 익히는 동안 그들은 망치질과 풀무질만 반복했고, 그렇게 길러진 힘과 무기를 이용해 세상의 모든 관계를 힘으로 푸는 자들이었다. 그리고 그 정점에 노예 계약의 달인 원해룡이 있었다.

"아랍 놈과 어린놈은 잠시 기다려라. 어르신이 잠시 볼일이 생겼으니."

원해룡은 진진과 아부는 이미 손에 넣었다 생각했다. 낙양 한복판, 그것도 폐쇄된 객잔 안에 갇혀 있으니 빠져나갈 구멍이 없었다.

원해룡은 진진과 아부에게 반항 따윈 꿈도 꾸지 말라는 듯 으르렁거리더니 마상필에게 시선을 돌렸다.

"마상필, 일전엔 운이 좋았지?"

"……."

"역시 등잔 밑이 어두운가 봐. 코앞에 있는 걸 모르고 먼 곳까지 사람을 보내 놨으니. 쯧!"

"……."

"왜 꿀 먹은 벙어리 행세지?"

"……."

"쫄아서 굳은 거냐?"

"……."

"야."

"……."

"야!"

원해룡은 끝까지 침묵을 지키는 마상필의 태도에 언성이

높아졌다. 옆에서 그 모습을 지켜보고 있던 당하지가 조심스럽게 말을 건넸다. 그도 철기방 원해룡의 악명에 대해선 익히 잘 알고 있기에 화가 폭발하기 전에 마상필이 어떤 상태인지 알려 줄 필요가 있었다. 성질이 포악하고 멋대로이긴 하지만 철기방주 원해룡은 초절정의 고수다. 현재 객잔 안에서 가장 강력한 무력을 보유한 것이다. 자신들이 나름 가문의 후원을 받고 있다곤 하지만, 한 방파의 주인과 마주하기엔 끗발이 밀리는 점도 무시할 수 없었다.

"저기……."

"뭐냐?"

"마상필은 마혈과 아혈이 잡혀 있습니다."

"뭐라?"

원해룡은 팽만해를 바라봤다. 네가 그랬냐는 뜻이다.

"아닙니다."

팽만해는 손을 들어 진진을 가리켰다.

"저 어린놈이?"

원해룡은 의아한 눈빛이 되었다. 자신의 애첩을 건드리고도 쥐새끼처럼 빠져나간 마상필이다. 철기방이 난리를 떨어도 못 잡은 놈인데 어린놈 손에 제압이 되었다니 믿을 수가 없었다.

"뭐, 상관없겠지. 어차피 세 놈 다 잡아가면 그만이니."

원해룡은 복잡하게 생각하지 않기로 했다.

"갑자기 치고 들어오는 바람에 무슨 일인지 아직 파악이 되지 않았는데 말입니다."

진진은 앞뒤 설명 좀 해 주면 안 되겠냐며 원해룡을 바라봤다.

"네 노예 아부가 철기방의 보물을 훔쳤다."

"아부는 주인장 손에 넘어간 것 아니었습니까?"

"나도 그런 줄 알았지. 그런데 알고 보니 처음부터 보물을 훔치려고 의도적으로 접근한 거였다."

진진은 밑도 끝도 없이 행동하는 원해룡을 보며 대화가 어렵다는 생각이 들었다.

"아부."

"네."

"무슨 일이야? 도대체 뭘 훔쳤다는 거고?"

"돈도 안 주고 일을 하라고 했다."

"대신 무기를 받기로 했잖아."

진진은 이미 이야기가 끝난 것 아니냐며 아부를 바라봤다.

"아니다. 너무 오래 일을 시킨다. 그래서 블레이드 안 받는다고 했다. 그냥 간다고 했다."

아부의 말에 어떤 일이 있었는지는 대충 눈치를 챘다.

"그럼 보물은 또 뭔데?"

"우츠(Wootz:인도에서 나는 철)다."

"우츠?"

"다마스쿠스 재료다."

"그러니까 네 검을 만들 재료를 훔쳤다, 이 말이네?"

"훔치지 않았다. 우츠는 알라의 철이다."

아부의 말에 원해룡이 입을 열었다.

"네놈이 시켰다는 것을 알고 있다. 연극은 그만해라."

"아, 진짜! 왜 자꾸 내가 시켰다고 하는 겁니까?"

"흥! 네 노예 놈이 이미 다 불었다."

"에?"

진진은 어이없는 얼굴로 아부를 바라봤다.

"내가 시켰다고?"

"아부의 블레이드. 주인이 준다고 했다. 그래서 가져왔다. 약속 지켜라."

"헐!"

 진진은 아부의 막무가내에 질린 표정을 지었다. 원해룡은 더 이상 헛소리를 듣고 싶지 않다는 듯 송곳 달린 망치로 객잔 바닥을 퉁 내리쳤다. 그러자 철기방 대장장이들이 무기를 들어 올리며 살기를 피워 올렸다.

"마상필과 아랍 노예는 산 채로 잡고, 어린놈은 죽여라."

 마상필은 잡아다 대가를 치르게 만들 셈이고, 재료까지 한눈에 알아본 아부는 고문을 해서라도 다마스쿠스 제련법을 알아낼 생각이다. 진진이야 있으나 마나니 화근은 삭

초제근 하는 게 맞았다.

"네, 방주님!"

원해룡의 명령에 대장장이들이 울퉁불퉁한 근육을 크게 부풀리며 앞으로 걸어 나왔다.

"음… 음……."

마상필은 혈도 좀 풀어 달라고 최선을 다해 신음 소리를 냈다. 이대로 아무것도 못한 채 잡혀갈 수는 없었다.

마상필의 신음 소리에 진진이 고개를 끄덕였다. 더 이상 대화가 불가능한 존재가 결전을 선언했는데 혼자서 싸울 생각은 없었다.

"너는 뭘 잘못했는진 모르겠지만 일단 빠져나가 보자고."

진진이 혈도를 풀어 주자 마상필은 급히 내력을 운용해 굳어진 근육을 수축 이완시켰다.

"제기랄! 더럽게 꼬이네."

마상필은 갈수록 태산이라는 듯 꽉꽉 인상을 썼다.

"아부, 몸 상태가 엉망인데 싸울 수 있겠어?"

"아부. 아직 괜찮다."

아부는 재빨리 새끼손가락에 상처를 내더니 도면에 다시 문양을 그려 넣었다. 열 손가락 끝이 모조리 갈라진 것이, 철기방을 탈출해 이곳까지 오는 동안 계속해서 술법을 사용한 것 같았다.

진진은 아부의 행동에 잠시 의아한 표정을 지었지만, 아부가 믿는 종교와 관련된 행동이라 생각하고 관심을 끊었다. 지금은 눈앞의 적 철기방에 집중해야 했다.

진진을 그냥 보낼 수 없다며 공격 운운하던 당하지는 철기방의 등장과 돌아가는 상황이 마음에 들었다. 난전이 되면 기회를 틈타 암기를 날리거나 하독을 할 생각이었다.

"지승이와 남궁상도 준비해라. 어디로 튈지 모르는 놈이니 기회가 생기면 우리도 공격을 할 것이다."

"알겠습니다."

진지승이 검을 꺼내 들며 고개를 끄덕였다. 남궁상은 내키지 않은 얼굴이었지만 결국 그 역시 검을 뽑아 들었다. 진진과는 그저 불편한 인연이라 생각했지만, 제갈미령과 눈빛을 주고받는 것을 본 뒤론 은연중 척결 대상이 되었다.

제갈미령은 어떻게 해야 할지 판단이 서지 않아 주저하는 모습을 보였다. 그리고 그 모습을 지켜본 남궁상은 더더욱 전의를 불태웠다.

"팽만해, 당신도 끼어들 건가?"

진진의 말에 팽만해는 고개를 저었다. 이미 진진을 인정하기도 했고, 철기방의 행사에 끼어들고 싶은 마음도 없었다.

철기방 대장장이들이 '와!' 소리를 내며 달려들자 진진은 바닥에 박도를 꽂아 놓고 재빨리 단도를 빼 들었다.

"하앗!"

네 자루의 단도가 허공으로 비산하자 대장장이들은 각각의 무기를 휘두르며 방어 자세를 취했다. 그러나 진진의 단도는 애초부터 직접 공격용이 아니다. 다른 이들의 눈엔 방향을 잘못 잡아 실수한 것으로 보였다. 하지만 당하지 일행은 그렇게 흩어진 단도가 어떤 역할을 하는지 이미 잘 알고 있었다.

"은사가 연결돼 있습니다!"

당하지는 철기방 대장장이들에게 진진의 공격이 어떤 성격을 띠고 있는지 곧바로 일러바쳤다. 진진은 당하지의 외침에 가볍게 혀를 찼다.

"그렇게 평생 고자질이나 하면서 사셔! 패륜공자 당하지 선생!"

그리고 그는 짜증 난다는 듯 소리를 질렀다.

당하지를 통해 단검이 의도적으로 다른 방향을 향했다는 걸 알게 되자, 대결을 지켜보고 있던 원해룡이 당하지에게 고개를 돌렸다. 넌 누구냐는 눈빛이다.

"당가의 당하지라고 합니다. 진진 저놈을 잡는 데 한 손 거들고 싶습니다."

원해룡은 당가라는 말에 잠시 신경 쓰이는 얼굴이었지만 금세 본래 표정을 되찾았다. 철기방이 있는 낙양과 당가가 있는 사천은 거리상으론 거의 접점이 없다. 하지만 다른 세가와 달리 당가는 그들만의 제련법이 존재할 정도로 무기

제조술에 일가견이 있는 가문이다.

비록 소 닭 보듯 하는 관계에 있지만, 철기방 입장에선 하북팽가와 한판 붙을지언정 당가와는 시비를 일으키고 싶지 않았다. 팽가가 도법으로 유명세를 얻고 있지만 철기방 역시 무기와 힘 하면 팽가에 밀리지 않는다 생각했다. 하지만 은근슬쩍 독을 뿌려 대는 당가는 상대할수록 골치 아픈 존재였다. 거기다 핏줄을 얼마나 격하게 챙기는지 혈족 중에 누군가 피해라도 보는 날엔 죽기 살기로 달려드는 가문이었기에, 아무리 막 나가는 원해룡이라도 신경이 쓰인 것이다. 하지만 대뜸 고개를 끄덕이기엔 자존심이 상했다.

"네 도움 따위는 필요 없다."

"저 역시 저놈에게 빚이 있습니다."

당하지가 정중한 자세로 다시 한 번 부탁을 했다. 원해룡은 자신의 자존심도 챙기고, 당가와 시비도 붙지 않는 방향으로 은근슬쩍 말을 건넸다.

"흠, 너에게 기회가 갈지는 모르겠지만 재주껏 해라. 괜히 끼어들어서 방해나 하지 말고."

"감사합니다."

팽만해와 팽가의 무인들이 많아 다른 이들은 신경을 쓰지 않았는데(아부와 진진, 마상필의 존재 때문에 눈이 돌아갔었다.) 이제 보니 팽만해가 친우들이라 표현한 이들의 신분이 만만치 않다는 생각이 들었다. 당하지는 물론이고,

힘들어 죽겠다 · 165

그 주위에 모여 있는 다른 이들도 말쑥해 보이는 것이 이름 깨나 있는 가문의 자식들로 보인 것이다.

'마상필과 아부를 손에 넣으면 이들이 객잔을 장악한 이유를 캐 봐야겠군.'

원해룡은 팽가의 소가주와 무인들, 그리고 젊은 후기지수들이 떼로 모인 데는 특별한 이유가 있다고 판단했다. 처음엔 아부를 잡는 것에 신경을 쓰다 보니 차분히 둘러볼 여유가 없었다.

'내가 미처 모르는 사이에 보물이라도 흘러든 것인가?'

낙양이라는 지역 자체가 워낙 사람도 많고, 일도 많은 곳이다. 나름 낙양에서 벌어지는 일들을 챙기고 있다곤 하지만, 오늘처럼 팽만해가 순식간에 일을 벌이는 경우엔 뒷북을 치는 경우도 많았다.

원해룡이 이런저런 고민을 하는 사이, 진진 일행과 철기방의 대결은 점차 치열해졌다.

무식한 무기에 힘만 센 줄 알았던 대장장이들이 의외로 고수였다. 사부 양인수의 말대로라면 절정고수는 성도에 한둘 정도가 전부여야 했다. 그런데 마상필과 팽만해가 절정고수인 것은 물론이고, 거대한 도끼와 송곳 박힌 망치를 휘둘러 대는 대장장이 세 명 역시 절정이었다. 그보다 약해 보이긴 하지만 대장장이 셋을 보조하며 자신들을 괴롭히고 있는 철기방의 무인들도 일류는 기본이었다.

"이게 무슨 대장장이냐고!"

일류만 되어도 무림인으로 행세할 수 있다던 사부의 말만 믿고 살았다면 벌써 맞아 죽었을 판이다. 거기다 대장간 주인 원해룡은 이들보다 더 높은 고수로 보이니, 진진은 속이 바짝 타올랐다.

"마상필! 도망 좀 그만 다니고 싸워! 그게 힘들면 한쪽에 찌그러져 있든지!"

진진은 사방팔방 대장장이들을 피해 도망 다니는 마상필을 보며 버럭 소리를 질렀다. 아예 마혈을 잡아 던져 놓았다면 정신이라도 사납지 않을 것이다. 마상필이 난리법석을 떠는 통에 바닥에 박아 놓은 단검이 효과를 보지 못했다. 그렇지 않아도 당하지 때문에 은사의 존재가 알려져서 짜증인데, 단검을 움직여 이득 좀 볼까 하면 어김없이 마상필이 그 자리를 지나치고 있었다.

약속 운운하며 살려 주겠단 말만 하지 않았다면 진즉에 다른 대장장이와 함께 은사로 묶어 버렸을 것이다. 물론 제갈미령이나 당하지를 묶을 땐 여유도 있었고 제압이 목적이었지만, 이번엔 그런 사치를 부릴 틈이 없으니 피도 튀고 심하면 사지가 잘려 나갈 수도 있었다.

"빌어먹을 약장수! 저리 비키라고!"

진진은 또다시 마상필 때문에 방해를 받자 목에 핏줄이 설 정도로 고함을 질렀다. 그나마 다행이라면 아부가 선전을 해 주고 있다는 점인데, 그게 또 다른 문제를 일으키고 있었다.
"사술이다!"
"마귀가 사술을 쓴다!"
팽가의 무인들은 물론이고 싸움을 지켜보고 있던 후기지수들 모두 아부를 제거 대상으로 선언한 것이다. 생긴 것부터 중원인과 전혀 다른 데다 도를 휘두를 때마다 핏빛 안개가 치솟으며 시야를 어지럽히니 사파, 그중에서도 마귀로 낙인찍힌 것이다.

안 그래도 버거운 판에 적이 더 늘어나고 있으니, 진진 입장에선 마상필과 아부가 오히려 짐짝이 되고 있었다.
"제발 좀!"
진진은 뿌려 놓은 단검은 포기하다시피 하고 두 자루 박도로만 대장장이들을 상대하고 있었다. 힘이 들긴 하지만 자신의 밑천을 드러내고 싶지 않았기에 최대한 버티곤 있지만, 이렇게 시간을 보내다간 결국 지쳐서 쓰러질 수도 있었다.

'이대론 답이 없다. 그렇다고 중단전을 열었다간 결국 피를 봐야 하는데······.'
당하지의 독에 중독된 상태로 중단전의 층층공까지 사용했다가 한동안 크게 고생을 했었다. 그때 후유증이 아직 남아 있는 상태였기에 어지간히 급박한 상황이 아니면 중단전을 여는 것은 피하고 싶었다. 하지만 계속 이런 식으로 버틸 수는 없었다.

'부수고 나간다.'

진진은 식탁과 의자를 쌓아 막아 놓은 창문을 힐끔거렸다. 진진은 어지간하면 살인만은 피하고 싶었다. 딱히 죽고 죽일 정도로 원한을 쌓은 사이도 아니다. 물론 적들 입장에선 죽기 살기로 덤비고 있지만, 그렇다고 목이라도 날리는 날엔 진짜 두고두고 쫓기는 신세가 될 것이다.

여행이 끝나면 무관으로 돌아가 편안한 삶을 보내고 싶은 진진이다. 피로 맺어진 은원 때문에 자신을 찾아올 원수를 생각하며 지내고 싶진 않았다.

진진은 제갈미령에게 암습을 받아 도망쳤던 날처럼 객잔 벽을 부수고 나가는 게 그나마 괜찮은 방법이라 여겼다. 하지만 그러자면 마상필과 아부가 시간을 벌어 줘야 했다.

"마상필, 아부! 내 앞을 막아!"

"힘들다. 주인."

"못해!"

진진의 외침에 두 사람은 그럴 여유가 없다고 했다.

"살고 싶으면 잠깐이라도 시간을 만들어 주란 말이야!"

진진이 다시 소리를 지르자 두 사람은 잔뜩 싫은 표정을 지으면서도 이동을 했다. 박투나 무기술보다 경공을 위주로 절정에 오른 마상필은 곧바로 몸에 상처가 생기기 시작했다. 아부는 도면에 다시 문양을 그리려 했지만 얼마나 피를 짜냈는지 손가락 끝을 베어 내도 원하는 만큼 피가 흘러나오지 않았다.

"크윽!"

"으윽!"

두 사람은 순식간에 상처가 늘어나며 비명을 질러 댔다.

싸움을 지켜보고 있던 당하지는 진진이 뒤로 빠지며 뭔가를 준비하자 '엇!' 하는 소리를 냈다.

"아는 게 있느냐?"

당하지가 진진의 기술에 대해 아는 게 많아 보였기에 곧바로 질문을 던졌다.

"객잔을 부술 겁니다."

"뭐라? 무슨 소리를!"

"객잔 벽을 부수고 도망칠 생각이란 말입니다."

원해룡은 당하지의 말에 어이없는 표정을 지었다. 물론 객잔 벽을 부수는 정도는 자신도 충분히 할 수 있다. 하지만 벽을 부순다고 해서 사람이 지나갈 수 있는 건 아니다. 말 그대로 벽을 부수는 거지, 사람이 지나다닐 정도로 큰 구멍을 뚫는 건 쉽지 않기 때문이다.

"예전에도 그렇게 도망을 쳤습니다. 시간을 줘선 안 됩니다!"

당하지는 더 이상 기다릴 수 없다는 듯 진진을 향해 몸을 날렸다. 그리고 그와 동시에 암기를 쏟아 냈고, 준비하고 있던 독도 망설임 없이 뿌렸다.

"어억!"

"뭐냐!"

"피해라!"

마상필과 아부를 압박하며 공격을 하고 있던 대장장이들이 갑작스레 날아드는 암기를 피해 좌우로 흩어졌다. 당하지는 대장장이들이 공간을 열어 주자 더욱 열심히 암기를 뿌려 댔다.

"컥! 도… 독?"

날아드는 암기를 쳐 내며 발악을 하던 마상필이 사레라도 걸린 듯 컥컥거리는 소리를 냈다. 아부 역시 암기는 막아 냈지만 독은 어쩌지 못했고, 그 역시 독분을 흡입하고 말았다.

"주… 주인, 아부 목 아프다."

아부는 자신이 흡입한 것이 무엇인지 알지 못했다. 독공이 있을 정도로 독을 사용한 공격이 일반적인 중원과 달리 아랍에서는 겪어 보지 못한 공격이었기 때문이다. 그러나 갑자기 숨이 막히고 눈앞이 빙글 돌자 뭔가 잘못됐다는 것은 확연히 깨달았다.

마상필과 아부가 독에 영향을 받자 원해룡이 다급하게 소리를 질렀다.

"뭐 하는 것이냐! 마상필과 아랍 놈은 죽여선 안 된다!"

힘들어 죽겠다 • 171

원해룡의 외침에 당하지는 아차 하는 심정이 되었다. 진진을 놓쳐선 안 된다는 생각에 자신도 모르게 무리를 한 것이다. 물론 해약을 먹이면 되겠지만 최소 일각 안엔 복용을 시켜야 했다.

"일각입니다. 그 안에 해약을 먹지 못하면 두 사람은 살릴 수 없습니다."

"뭐라?"

"그러니 방주님이 나서 주십시오!"

당하지는 이왕 이렇게 된 것, 원해룡이 직접 나서서 싸움을 마무리 짓는 게 서로에게 좋은 일이라고 생각했다.

"망할!"

당하지의 말에 원해룡은 쇠망치를 들고 앞으로 튀어 나갔다.

"흐읍!"

흩어졌던 대장장이들이 다시 자리를 잡고, 당하지에 원해룡까지 달려들자 진진은 더욱 마음이 급해졌다. 결국 봉인하다시피 누르고 있던 중단전을 열어 버리자 밖으로 나올 기회만 호시탐탐 노리고 있던 층층공이 포악한 성정을 드러냈다.

사 단공의 압축된 내공, 일 갑자에 달하는 내공이 전신을 휘돌기 시작했다. 폭발적인 성향 때문에 일 갑자의 공력이 이 갑자의 공능을 보이며 진진의 주먹에 모여들었다.

대머리 숙부 지암의 단공권이 발동되며 어마어마한 압력이 마상필과 아부 사이로 순식간에 터져 나갔다. 본래 객잔 벽을 부수려고 하단전 공력을 끌어 올리고 있었는데, 중단전까지 가세하자 무려 이 갑자 이십 년이 넘는 공력이 움직였다.

단공권 자체가 일격필살의 무리를 담고 있는데 거기에 무지막지한 공력까지 가세하자, 마치 벽력이라도 터진 것 같은 소리가 객잔 안에 울려 퍼졌다.

쩌렁! 꽝!

마상필과 아부는 자신들 사이로 쭉 내밀어진 주먹에서 뭔가 번쩍이는 것을 느꼈다. 그리고 엄청난 굉음이 터지더니 대장장이들과 당하지가 비명을 지르며 나가떨어졌다. 단공권에서 쏟아진 경력은 그들을 내동댕이치고도 여전히 강맹했고, 쇠망치를 들고 달려들던 원해룡까지 후려쳤다.

"으라차차!"

원해룡은 진진이 쏘아 낸 경력을 막아 내기 위해 다급히 전신 공력을 끌어 올렸다. 워낙 급하게 전신 공력을 움직이니 가슴뼈가 뻐근해졌다.

"타앗!"

쇠망치를 내리치며 진진의 공격을 정면으로 받아쳤다. 그러자 다시 한 번 폭음이 터지며 객잔 안이 흔들렸다. 갑작스런 사태에 '어, 어!' 하며 놀란 표정을 짓고 있던 사람들은 밀려드는 충격파에 급히 몸을 웅크렸다. 내력이 약한 이들 중에는 충격을 이기지 못하고 바닥에 주저앉는 이들도 생겨났다.

꽝!

"크윽!"

주르륵 뒤로 밀려난 원해룡은 손아귀가 터져 나갈 듯한 통증에 이를 악물었다. 전력을 다하지 않고 우습게 생각했다면 당하지나 수하들처럼 튕겨져 나갈 만큼 엄청난 충격이었다. 마음 같아선 앞으로 달려 나가 진진을 박살 내 버리고 싶었다. 그러나 내장이 흔들린 데다 급하게 공력을 일으키면서 적지 않은 내상을 입고 말았다. 밖으로 티가 나진 않아 그나마 망신살은 피했지만 반격을 시도하려면 숨을 골라야 할 정도로 힘이 들었다.

"감히!"

명세기 초절정고수다. 그런데 새파랗게 어린놈의 주먹질 한 번에 뒷걸음질을 쳤으니 원해룡의 심기는 엉망이 되었다.

진진 역시 머리가 아프긴 마찬가지였다. 객잔 벽을 부수고 도망갈 생각이었는데, 상황이 긴박하게 돌아가다 보니 어쩔 수 없이 공격을 하게 됐다. 아무리 층층공이 대단하다곤 하지만 전력을 다해 내공을 쏟아 내고 나니 열흘은 굶은 것처럼 속이 허했다. 원해룡이 숨을 골라야 하는 만큼 진진도 충충공을 다스려야 할 정도로 기진맥진해진 것이다.

그나마 다행이라면 진진의 엄청난 권공에 누구 하나 달려들 엄두를 내지 못하고 있다는 점이다.

"마상필!"

"에? 네!"

얼빠진 얼굴로 전면을 바라보고 있던 마상필이 잔뜩 기합이 들어간 목소리로 대답했다.

"당하지를 잡아! 일각 안에 해약을 먹어야 한다잖아!"

"아! 넵!"

진진의 외침에 바닥에 쓰러져 있던 당하지가 급히 도움을 청했다. 마음 같아선 벌떡 일어나 몸을 피하고 싶었지만, 내부가 진탕된 데다 충격파 때문에 나팔관이 다쳤는지 중심을 잡을 수가 없었다.

"형님!"

진지승이 당하지의 손짓에 앞으로 달려 나갔지만 이 안에서 가장 발이 빠른 사람은 마상필이다. 진지승이 도착하기도 전에 당하지는 마상필 손에 들어가고 말았다.

"당 형님!"

진지승은 안타까운 목소리로 당하지를 불렀다. 하지만 마상필을 쫓아 달려들 용기는 없는지 그저 목 놓아 당하지를 부를 뿐이었다.

힘들어 죽겠다 · 175

제9장

마귀, 색마, 그리고 진진

"해약을 줘."

"얼마든지 가져가."

당하지는 자신 있으면 가져가 보라는 듯 가슴을 내밀었다.

"좋게 말할 때 줘."

"꺼내 가라니까."

당하지가 맘대로 해 보라는 듯 버티자 마상필은 당하지가 가지고 있던 약병을 모조리 꺼냈다. 그러나 독과 해약은 주인이 아닌 이상 용도를 구분하기가 어렵다. 마상필이 난감한 표정을 지었다. 그러자 진진이 입을 열었다.

"당하지."

"왜?"

"철기방과 척을 질 생각이냐?"

"……."

"마상필과 아부는 살려 놓으라고 했을 텐데."

진진은 이대로 두 사람이 죽는다면 철기방과 당가 사이에 문제가 생기지 않겠냐고 했다.

"네가 원하는 것은 나잖아. 엉뚱한 사람 잡지 말고 해약을 줘."

"빌어먹을."

당하지는 마상필이 꺼내 놓은 약병 중 하나를 툭 건드렸다. 마상필이 믿어도 되겠냐며 진진을 바라봤다.

"먹어. 어차피 때를 놓치면 끝이잖아."

"당하지! 만에 하나 해약이 아니라면 나 혼자 죽지 않을 것이다."

마상필은 약병에서 환 두 개를 꺼내 하나는 아부에게 주었다. 두 사람은 찜찜한 표정을 지었지만, 어차피 방법이 없다는 것을 알기에 눈 질끈 감고 환약을 삼켰다. 두 사람이 약을 먹자 진진이 다시 입을 열었다.

"네 말대로 객잔 벽이라도 부수고 나갈 생각이었는데 이렇게 되었다."

"흥! 포기하는 게 좋을 거다. 객잔 밖을 나간다 해도 팽가의 무인들은 물론이고 철기방 무인들까지 포위를 하고 있으니까."

"그래. 그래서 말인데."

"……?"

"인질극 좀 해야겠다."

"뭐?"

"아까 보니까 철기방도 당가완 척을 지고 싶지 않은 것 같더라고."

"나를 인질로 삼겠다는 것이냐?"

"그럼 이 상황에 다른 방법이 있나?"

진진은 덕분에 도망갈 방법이 생겼다며 벽을 부수는 것보다 효율적이라고 했다.

"흥! 나를 인질로 삼는다 해도 저들이 쉽게 비켜 줄 것 같은가?"

"해 보면 알겠지."

진진은 박도를 당하지의 목에 들이대며 소리를 질렀다.

"어차피 이판사판이다. 혼자는 안 죽어!"

진진이 박도를 밀어 올리자 당하지의 목에 붉은 선이 생겨나며 피가 주르륵 흘러내렸다.

"조… 조심!"

당하지는 목에 상처가 나자 잔뜩 움츠렸다.

"자, 어떻게 할 거냐. 물러서지 않는다면 당하지가 죽는 건 당연하고, 나 역시 막아서는 이들을 저승길 동무로 삼겠다!"

진진의 외침에 원해룡은 물론이고 다른 이들까지 고민스런 표정이 되었다. 진진은 자신의 결의가 약하다 생각됐는지 박도로 당하지의 목에 좀 더 깊은 상처를 냈다. 조금만 더 힘을 준다면 혈관이 잘려 나갈 것이다.

"멈춰라!"

팽만해가 급히 손을 들어 올렸다.

"멈추면?"

"팽가는 너를 막지 않겠다. 그러니 당하지의 안전을 보장해라."

"팽가는 어차피 막지 않기로 했잖아. 갑자기 무슨 소리야."

진진의 말에 팽만해가 다시 입을 열었다.

"그건 당신이 알아서 빠져나갈 때 이야기다. 지금처럼 인질을 잡고 겁박을 하면 상황이 달라진다는 생각은 하지 않았나?"

"나도 인질이 다치는 건 원치 않아."

"좋다. 모두 물러선다."

팽만해가 수하들을 이끌고 먼저 객잔 밖으로 이동했다. 그러자 세가의 후기지수들도 팽만해를 따라 움직였다. 하지만 철기방은 아직 결정을 내리지 못했는지 여전히 자리를 지켰다.

"주인장, 끝까지 해보자는 거요?"

진진이 원해룡을 보며 결정을 하라고 했다.

"네 정체를 알아야겠다."

"정체?"

"네 나이에 초절정이라니. 도무지 믿을 수가 없구나."

원해룡 자신이 밀릴 정도의 무위다. 어디서 저런 괴물을 키워 냈는지 꼭 알고 싶었다. 만약 그가 세력을 업고 있다면 무슨 일이 있어도 이 자리에서 죽여야 했다. 자칫 오늘 일을 물고 늘어져 철기방에 적대적 세력이 생긴다면 당하지 정도는 포기하는 게 맞았다.

"딱히 정체랄 것도 없는데……."

진진의 말에 당하지가 입을 열었다.

"이자는 열공무관 출신입니다."

"무관? 설마 그 무관?"

원해룡은 문파나 세가가 아닌 어디에서나 볼 수 있는 무관 출신이라는 말에 설마 하는 표정이 되었다. 자신은 물론이고 초절정 무위는 이름난 문파에서도 최고수에 속했다. 그런데 그런 고수가 기껏 무관 출신이라니. 믿을 수 없는 일이었다.

"있을 수 없다. 무관에서 절정고수가 나오는 것만으로도 놀랄 일인데 초절정이라니!"

가뭄에 콩 나듯 무관 출신의 절정고수가 없는 것은 아니다. 그러나 그렇게 등장하는 고수들은 대부분 중년의 나이다. 하지만 아무리 봐도 진진은 이십 대였다. 문파나 가문의 지원을 받아 키워진 고수라 해도 그 나이에 절정에 오르는 것 역시 보통 일이 아니다. 팽만해도 이십 대에 절정고수라고 하지만 사실 몇 년 후면 서른이다. 절대 진진 나이에 절정, 아니 초절정에 오를 수는 없는 일이었다.

당하지 역시 헷갈리기는 마찬가지다. 절정으로 알고 있었는데 철기방주 원해룡이 밀릴 정도의 무위라니, 그렇다면 최소 초절정이라는 건데 그게 가당키나 한 일인가. 하지만 직접 눈으로 보고, 몸소 확인까지 한 상태라 꿈이라고 할 수도 없었다. 거기다 진진의 사부라는 사람도 직접 보지 않았던가.

당시 보았던 두 사람의 관계를 보면 사제 간이 분명했고, 무관 출신이라는 것도 사실로 보였다. 그렇다면 남는 것은 한 가지다. 진진이 수련했다는 무관은 은거고수가 만들었다는 것이다. 그날 진진 사부의 움직임만 봐도 평범해 보이지 않았으니 그렇게 생각하는 게 가장 무난하고 진실에 가까울 것이다.

"정말 무림 문파나 세가의 사람이 아니라는 것인가?"

원해룡은 다시 한 번 물었다.

"그렇다니까요."

진진은 왜 그렇게 의심이 많냐는 듯 고개를 끄덕였다.

"그 무관에 사람이 많은가?"

"아니, 왜 그런 게 궁금한 겁니까?"

원해룡의 속사정을 알 리 없는 진진은 이 상황에 그런 질문이 무슨 의미가 있는지 모르겠다는 표정을 지었다. 그러자 마상필이 끼어들었다.

"대협, 저 늙은이는 지금 걱정이 앞선 겁니다."

"걱정? 무슨 걱정?"

"대협의 가문이나 문파에서 복수를 할까 봐 신경이 쓰이는 거죠."

"복수? 설마. 난 여길 떠나면 두 번 다시 올 생각이 없다고."

진진의 말에 원해룡은 그게 정말이냐는 듯 바라봤다.

"여길 또요? 내가 미쳤어요. 오늘 이 일만 해도 피곤해 죽을 판인데."

"하지만 나에게 원한을 품을 게 아닌가."

"오해였지 않습니까. 아, 아부."

"네."

"그거 빨리 돌려줘."

"무슨 말인지 모른다."

"우츠인가 뭔가 있잖아!"

진진의 말에 아부가 슬그머니 시선을 돌렸다. 싫다는 표시다.

"왜 남의 물건을 탐내는 건데!"

"남의 것 아니다. 우리 거다."

"훔쳤잖아."

"아니다. 대장장이가 훔쳤다."

아부의 말에 원해룡이 헛기침을 했다.

"이건 또 무슨 소립니까?"

진진은 설명이 필요하다며 원해룡을 바라봤다.

"나도 모르겠군. 왜 그걸 우츠라고 부르는지 모르겠지만, 우리 철기방의 보물이네. 자네도 알지 않은가. 아부는 다마스쿠스 검이 가지고 싶어서 저러는 걸세."

원해룡의 말에 진진은 고개를 끄덕였다. 왜 그렇게 물결무늬 도에 집착하는진 알 수 없지만 남의 물건을 훔쳐 만들 정도는 아니었다.

"아부, 여기서 나와 헤어지든지, 아니면 물건을 돌려주든지 해."

"……."

"어서!"

"준다! 주면 된다!"

아부는 허리춤에서 주머니 하나를 꺼내 원해룡에게 던졌다.

"여기 있다. 가져라."

진진은 이제 되었냐고 물었다.

"커험! 우리 사이에 있었던 일은……."

"네, 오해입니다. 그러니 저 좀 가게 해 주세요."

"하나만 더 물어보세나."

"또 뭡니까?"

진진은 그만 좀 하자는 듯 원해룡을 바라봤다.

"그… 팽가에선 무슨 일로 여길 왔다던가?"

"아, 그거요."

원해룡의 질문에 진진이 답을 하려고 하자 당하지가 급히 입을 열었다.

"그건 우리 쪽 일입니다. 철기방에서 알 이유가 없습니다."

"흠, 무슨 일이든 낙양 철기방 구역에서 일어난 일이지. 난 알아야겠어."

진진에게 말을 할 땐 어느 정도 대우를 해 주는 분위기였지만, 당하지에겐 거침없이 하대를 했다.

"남의 행사에 관심을 가지는 것은……."

"선인루 때문이라고 하던데요?"

당하지가 거부 의사를 보이려는 순간, 진진이 뭐 그게 대수냐는 듯 이야기해 버렸다.

"진진!"

"아, 시끄럽게. 보아하니 조금 있으면 다들 알겠던데 뭘 감추고 그래."

마귀, 색마, 그리고 진진 • 187

"다들 알게 될 거라니, 그게 무슨 말인가?"

"마상필이 선인루 가는 길을 알고 있더라구요. 그래서 그거 확인하겠다고 다들 몰려온 겁니다."

"서, 선인루에 가는 길을 알고 있다고?"

"네. 주인장도 알려 드려요?"

"저, 정말인가? 알려 주겠는가?"

원해룡은 살짝 떨리는 음성으로 진진을 바라봤다.

"팽만해의 수하와 남궁상이라는 녀석이 알고 있습니다. 그들만 잘 따라다니면 자연스럽게 선인루에 도착할 겁니다."

"그거야… 그렇지만, 그냥 알려 주면 안 되겠나?"

"그건 이 인간 때문에 안 되겠습니다."

진진은 당하지를 가리키며 고개를 저었다.

"그래도……."

원해룡은 어차피 이야기한 것 그냥 이야기하면 안 되겠냐며 졸라 댔다.

"마상필, 당하지 잘 챙기고 있어라."

진진은 자신의 박도를 마상필에게 쥐여 주더니 원해룡이 있는 쪽으로 다가갔다. 아직 내력을 원활히 움직일 수 없는 원해룡은 살짝 경계하는 눈빛이 되었다. 자칫 아까와 같은 공격이라도 날리는 날엔 찍소리도 못하고 나가떨어질 것이다.

"손바닥 줘 봐요."

"소, 손을?"

"팽가와 남궁상도 손바닥에 적어 줬습니다. 그리고 그들은 선인루 정보를 반씩 가지고 있고."

"호, 나는 모두 알려 주겠다는 말인가?"

"네. 대신 아부에게 그 물결무늬 칼 좀 만들어 줘요."

"그게… 만들 수는 있지만 아부가 알고 있는 정도는 아닐 거네."

선인루에 대한 욕심이 아부의 물결무늬 칼보다 더 높았는지 안 주겠다는 말은 하지 않았다.

"뭐, 상관있겠습니까. 적당히 비슷하면 그만이지. 너무 무기에 기대어 사는 것도 좋지 않아요."

"뭐, 그렇기도 하지."

진진이 평범한 박도 두 자루로 버텨 내는 것을 직접 보았기에 어쩔 수 없이 공감해 줬다.

"손요."

"잠시만. 저놈 손에 적어 주게나."

원해룡은 순순히 손을 맡기기엔 여전히 불안했는지 다른 대장장이의 손에 적어 달라고 했다.

"그렇게 하죠."

진진은 순순히 선인루 위치를 적어 주었다.

"그럼 이제 가도 되겠습니까?"

"응? 응. 그래야지. 어서 가시게."

"칼은 나중에 사람을 보내겠습니다. 한 달 정도라고 했으니 그쯤 해서 부탁드립니다."

"그래. 그렇게 해 주겠네. 조심해서 가시게."

 진진은 방금 전까지 죽자 살자 달려들던 사람이 인사까지 해 주자 어이없는 표정이 되었다. 선인루가 뭐기에 무림인들을 하나같이 바보로 만들어 놓는지 쉽게 납득이 가지 않았기 때문이다.

'이런 무림인이 뭐가 좋다고.'

 진진은 무림을 동경했던 사부를 떠올리며 고개를 저었다.

"마상필, 가자고."

"네, 대협."

 얼결에 진진과 같은 편이 되어 싸운 것도 있지만, 어려 보이는 나이와 달리 강력한 무위와 독특한 사고방식(사파의 것으로 보이는)이 마상필의 입에서 대협이란 말이 절로 나오게 만들었다. 사실 이쯤에서 헤어지자고 해도 마상필은 진진에게서 떨어질 생각이 없었다. 겉으로 보기엔 안전해진 듯했지만, 진진이라는 방패가 사라진다면 자신의 신세는 다시 도망자 내지는 선인루의 위치를 원하는 다른 누군가에게 끌려갈 가능성이 높았기 때문이다.

 밖으로 나오자 팽만해와 후기지수들이 거리를 벌린 채 진진을 바라봤다.

"다들 기다리고 있네."

"철기방이 어떻게 나올지 모르니 대기하고 있었겠죠."

마상필의 말에 진진이 고개를 끄덕였다. 그리고 당하지를 바라보며 입을 열었다.

"그런데 이렇게 되면 당하지를 데리고 다닐 필요가 없네."

당하지를 인질로 삼아 팽가와 철기방의 손에서 벗어나는 게 목적이었는데 팽만해는 본래부터 진진을 잡을 생각이 없었고, 철기방도 더 이상 싸울 일이 없어졌다.

"그래도 혹시 모르니 좀 더 데리고 있는 게 어떻겠습니까?"

마상필은 만약이라는 게 있으니 아직은 이르지 않느냐는 표정을 지었다.

"당하지."

"말해라."

"놔줄까?"

"……."

당하지는 진진의 질문에 묘하게 자존심이 상하는 느낌이 들었다.

"설마 싫어?"

"싫다니!"

당하지는 싫을 이유가 없다며 언성을 높였다.

"그런데 왜 말을 안 해?"
"젠장."

당하지는 진진과 있으면 왜 이렇게 짜증이 느는지 스스로도 이유를 알 수 없었다.

"놔주면 그냥 갈 거지?"
"……"

그냥 가는 게 맞다. 그런데 그냥 간다고 하자니 이상하게 도망을 치는 기분이 들었다. 그래서 또 대답을 못했다. 이 역시 자존심이 상했다.

"뭐야? 왜 말을 안 하는데?"

진진은 또 꿍꿍이를 부리냐는 듯 당하지를 바라봤다.

"간다! 간다고!"

"왜 화를 내고 그러실까. 좋아. 그냥 간다고 하니까 보내주도록 하지."

진진의 말에 마상필은 이건 아닌 것 같다는 표정을 지으면서도 당하지의 목에서 박도를 뗐다.

"우리끼리 움직이는 게 빨라서 그래. 괜히 짐짝을 들고 다녀 봐야 힘들기만 하잖아."

박도를 받아 들며 진진이 이유를 설명했다.

"뭐, 대협이 알아서 판단하셨겠죠."

당하지가 분한 표정으로 씩씩대다 팽만해 쪽으로 걸어가자, 진진 일행을 지켜보고 있던 그들 사이에 작은 소요가 일었다. 아마도 당하지를 풀어 주니 그런 것 같았다.

"그나저나 어디로 가지? 난 낙양이 처음이라 길이 어두운데."

진진은 막상 갈 곳을 정하지 못하겠다는 듯 고민스러운 표정을 지었다.

"저들만 쫓아오지 않는다면 어디든 상관있겠습니까?"

"뭐, 분위길 봐선 쫓아오진 않을 것 같은데……."

진진은 팽만해 쪽을 바라보며 중얼거렸다.

"일단 이곳은 벗어나죠."

마상필은 아무리 그래도 신경이 쓰이는지 되도록 철기방과 팽만해에게 멀어지고 싶어 했다.

"마상필, 당신 때문에 식사를 망쳤으니 다른 객잔이라도 가자고."

"객잔으로 말입니까?"

마음 같아선 낙양을 벗어나고 싶은 마상필이다. 그런데 다른 객잔으로 가겠다는 진진의 말에 선뜻 대답을 하지 못했다.

"저들이 쫓아오려면 어디를 가도 마찬가지야. 외진 곳에서 궁지에 몰리느니, 아예 사람이 많은 곳에서 상황을 보는 게 좋을 것 같아서 그래."

"아, 그런 생각이라면 제가 잘 아는 곳이 있습니다."

"그래? 그러면 가자고."

"네. 이쪽으로."

진진이 마상필을 따라 걸음을 옮기자 거머리 아부도 찰싹 붙어 이동을 했다. 적당히 빌붙어 있다가 한몫 챙겨서 자유를 찾고자 했던 아부지만, 진진의 실력이 자신보다 월등하다는 것을 확인하자 어딘지 모르게 기가 죽은 모습이다.

'그나저나 아부는 물론 마상필 역시 적당히 떨쳐야겠는데……'

진진은 색마라 불리는 마상필과 붙어 있다간 소란이 끊이지 않겠단 생각이 들었다. 아부 역시 싫든 좋든 마귀에 사술까지 쓴다는 말이 나왔으니, 협객질에 목숨 거는 인간들이라도 만나는 날엔 또다시 시비에 휩쓸릴 것이다.

'일단 객잔에 들어갔다가 슬그머니 떠나는 게 좋겠어.'

진진이 곧장 낙양을 떠나지 않는 이유 중에 하나는 바로 두 사람 때문이다. 지금 상황에선 어디를 가도 떨어질 것 같지 않았기에 적당히 안심을 시켜 놓은 다음 도망을 칠 생각이다. 팽가는 물론 철기방도 골치지만, 진짜 문제덩어리는 마상필과 아부였으니 말이다. 두 사람이 없었다면 오늘 같은 일도 벌어지지 않았을 것이다.

진진의 생각을 알지 못하는 마상필과 아부 역시 나름대로 생각을 정리하고 있었다.

'초절정고수이지만 꽉 막힌 정파 놈들과는 전혀 달라. 어쩌면 이번 기회에 좋은 동료를 얻게 될지도 모르겠어.'

'주인 무섭다. 강한 주인이다. 타지에서 살아남으려면 주인과 떨어지면 안 된다.'

두 사람을 떨치고 도망칠 생각에 몰두하고 있는 진진과 달리, 마상필과 아부는 진진에게 붙어 있어야 자신들이 조금이라도 안전하다고 생각하고 있었다.

그리고 사이좋게 이동하는 세 사람을 보며 팽만해 일행 역시 생각이 복잡했다.

'전혀 정보가 없는 인물인데 초절정고수라니. 특이하긴 하지만 정파인 기질이 강한 자다. 가문에 끌어들일 수만 있다면……'

팽만해는 자신의 동생 팽하리를 바라봤다. 일이 벌어지는 동안 한마디도 하지 않고 지켜보기만 하던 동생이다. 본래 생각이 깊고, 말수가 없는 편이지만 다른 때보다 오늘은 더 심했다.

'하리와 진진을 엮을 수만 있다면……'

팽만해의 생각을 아는지 모르는지 팽하리 역시 생각이 많은 상태였다. 진진이라는 사람의 존재는 자신에게 집적거리는 진지승을 통해 이미 들어 본 적이 있었다. 진지승 말에 의하면 사악하기가 이를 데 없고, 여자라 해도 눈 하나 깜짝이지 않고 죽일 수 있는 냉혈한이라 들었다.

그런데 오늘 직접 본 진진은 잘생긴 얼굴에 굴하지 않는 성격을 지닌 사람이었다. 거기다 가문에서도 한 명밖에 없는 초절정고수였다니. 진지승의 말과 달리 그는 끝까지 정정당당했고, 불리한 상황에서도 슬기롭게 위기를 이겨 냈다. 무림의 여인으로서 관심이 가지 않을 수가 없었다.

진진의 뒷모습을 바라보던 팽하리의 시선이 제갈미령에게 향했다.

'이상하네. 분명히 사이가 좋지 않다고 했는데.'

진진을 바라보는 제갈미령의 시선은 뭔가 복잡한 감정을 담고 있었다.

'애증인가?'

팽하리는 그럴 수도 있겠단 생각을 했다. 자신이 알기로 제갈미령은 여태껏 남자를 사귀어 본 적이 없다. 물론 자신도 경험이 많은 것은 아니지만 최소한 제갈미령처럼 숙맥은 아니다.

'진진 그 사람이 중간에 미령의 편을 든 것을 보면⋯ 아니야. 그건 이성에 대한 표현이 아니었어.'

팽하리는 자신을 바라보는 팽만해와 눈이 마주쳤다.

"왜 그렇게 보시나요."

"아니다. 그냥⋯ 평소보다 더 조용해서 말이다."

"그런가요?"

"아무 일 없지?"

"네."

"그럼 됐다."

"저기 오라버니."

"응?"

"진진이라는 사람······."

"응."

"만나 보고 싶은데."

"으응? 무슨 의미냐?"

"오라버니는 궁금하지 않아요? 저 나이에 초절정이라니."

동생의 말에 팽만해는 고개를 끄덕였다.

"확실히 궁금하기는 하지. 사실 굉장히 놀랐으니 말이다."

"다녀올게요."

"그 사람에게 말이냐?"

"네. 문제라도 있나요?"

"그건 아니지만 분위기가······."

팽만해는 상황이 좋지 않으니 다음을 기약하는 게 어떻겠냐고 했다. 하지만 동생의 성격을 잘 아는 팽만해는 말릴 수 없다는 것을 잘 알고 있었다. 평소엔 조용하고 사려가 깊은 아이지만, 뭔가 결심을 내리고 나면 전력을 다하는 사람이 동생 팽하리였다.

"어차피 선인루에 가는 일은 저와는 무관하잖아요."

"그건 그렇다만······."

"그럼 나중에 봐요. 혹시 늦어져도 기다리진 마시구요. 세가에서 보면 되니까요."

팽하리는 그 말을 끝으로 훌쩍 달려가 버렸다.

"이런……."

내심 하리가 진진을 잡아채면 좋겠다 생각했지만, 그건 어디까지나 가문을 생각하는 소가주 입장에서 해 본 것이다. 그런데 동생이 나서서 진진을 만나 보겠다고 하니 신경이 쓰였다.

"팽 언니가 어딜 가는 거죠?"

제갈미령은 팽하리가 진진이 사라진 쪽으로 달려가자 혹시나 하면서도 확인 작업을 거쳤다.

'제갈미령도 그와 인연이 있다. 괜히 하리를 방해하는 건 아닌지 모르겠네.'

"만날 사람이 있다고 하더군요."

팽만해는 진진이란 말은 쏙 빼고 이야기했다.

"그렇군요. 저도 이쯤에서 가 봐야겠어요."

"어딜 말입니까?"

"개인적인 일이라 말씀드리진 못하겠네요."

"아, 그렇습니까?"

팽만해는 그녀 역시 진진을 만나기 위해 움직인다는 걸 알아챘지만 겉으론 모르는 척했다.

"그럼 이만."

제갈미령은 팽하리가 달려간 쪽으로, 아니 진진이 사라진 쪽으로 달려갔다.

뒤늦게 제갈미령과 팽하리가 없어진 것을 알아차린 이들이 팽만해에게 달려갔다. 남궁상과 진지승은 개인적인 일로 자리를 비웠다는 팽만해의 말에 안타까운 표정을 지었다. 당하지에게 한눈을 팔고 있지 않았다면 함께 움직일 수도 있었을 텐데 좋은 기회를 놓쳤다며 아쉬워한 것이다.

팽만해는 두 사람을 보며 자신도 모르게 한숨을 내쉬었다. 저렇게 눈치가 없으니 여자들 뒤만 졸졸 따라다닐 뿐 결과가 없다는 생각이 들었다.

"자고로 사내는 기회가 있을 때 장가를 가는 게 좋아."

팽만해는 가문에서 자신을 기다리고 있을 아내가 보고 싶어졌다.

"그나저나 서로가 가진 정보를 확인할 시간인 것 같은데."

팽만해의 말에 남궁상 역시 그러는 게 좋겠다며 고개를 끄덕였다.

제10장

손님들

식사는 마상필이 준비했다. 자신 때문에 식사를 망쳤으니 한턱내라는 것이다. 마상필은 자신의 정보로 금자를 챙겨 놓고도 식사를 사라는 진진의 말에 억울한 마음도 들었다. 그래서 슬그머니 금자 이야기를 꺼냈다.

"대협, 그래도 제 정보 덕분에 벌이가 제법 컸지 않습니까."

금자 서른 냥이면 제법이 아니다. 상당한 거금이었다.

"나눠 먹자는 말로 들리네."

"하하, 설마요. 그냥 그렇다는 거죠."

"목숨값으로 냈다고 생각하면 그다지 아깝지 않을 거야."

"그럼요. 목숨값이죠."

혹시나 하는 마음에 말을 꺼내 봤지만 역시나였다.

"그나저나 아부 옷부터 갈아입어야겠군. 상처는 좀 어때?"

옷 여기저기가 찢어진 데다 피까지 덕지덕지 묻어 있어 객잔에 들어설 때부터 신경이 쓰였다. 객잔 주인과 담당을 맡은 점소이는 분위기 때문에라도 한 소리 하고 싶었지만, 무림인들에게 나가 달라고 할 정도로 담이 크지 못했다. 그저 사고만 치지 않고 조용히 있어 주기만을 바랄 뿐이다.

진진이 점소이를 불러 갈아입을 옷을 준비해 달라고 하자 그나마 다행이라는 표정을 지었을 뿐이다. 칼을 찬 무림인들이 피 묻은 옷을 입고 앉아 있으면 들어오던 손님도 나갈 판이었으니 말이다.

점소이에게 은자 하나를 건네준 진진은 돈 벌기가 이렇게 쉬운 일이었나 하는 생각이 들었다. 무관에 있을 때는 숙부들이 목숨을 걸고 벌어 온 은자로 겨우겨우 살아갔다. 자신이 무관을 떠날 때만 해도 가진 은자는 그리 많지 않았었다. 그래서 돈을 쓰는 것도 언제나 조심스러웠고, 아끼고 또 아껴야 했다. 그런데 무림과 얽히기 시작하면서 돈이 불어나더니, 이젠 평생을 벌어도 만질까 말까 한 돈이 손에 들어왔다.

정보값으로 금자를 요구한 것은 사실 대장간 주인 원해

룡의 영향이 컸다. 아부의 칼 한 자루 값이 금자 마흔 냥이었다. 은자 쓰는 것도 조심스러운 진진에게 금자는 완전히 다른 세상의 돈이었다. 밑져야 본전이라는 생각에 정보값으로 금자를 요구했는데, 팽만해는 물론이고 후기지수들 역시 어렵지 않게 금자를 내놓았다. 도대체 돈이 얼마나 많기에 금자를 그렇게 물 쓰듯 한단 말인가. 무림인들은 금전 감각이 약하다는 말을 듣기는 했지만, 이 정도면 약한 게 아니라 아예 감각 자체를 무시하고 사는 인간들 같았다.

사연이야 어찌 되었든 다시 무관으로 돌아가도 돈 걱정 없이 살 수 있다는 생각에 진진은 마음 한구석이 넉넉해졌다. 이래서 남자는 생긴 건 부족해도 주머니에 돈은 있어야 대우를 받는다는 말이 나왔다 싶었다.

여유가 생기니 자신도 모르게 돈에 있어서 쪼잔했던 마음이 조금은 부드러워졌다. 물론 그렇다고 검 한 자루에 금자씩이나 돈을 낼 생각은 추호도 없었다. 아무리 좋은 무기라도 쓰다 보면 망가지는 것이라 배웠다. 신주단지로 모실 것도 아니니, 성능 좀 뛰어나다고 돈지랄할 생각이 전혀 없었다. 소모품에 사치란 단어는 어울리지 않기 때문이다.

요리가 준비되는 동안 점소이가 옷을 구해 왔고, 지저분했던 아부의 행색이 그나마 볼 만해졌다.

"아부."

"네."

"아까 싸울 때 이상한 술수를 쓰던데, 그게 뭐지?"

"매직이다."

"매직?"

"신령한 힘이다."

"아, 마술 같은 건가?"

진진은 유랑단들이 보여 주던 신기한 술수를 떠올렸다. 그러자 마상필이 고개를 저었다.

"그건 눈속임에 불과합니다. 신령한 힘이라고 하는 것을 보니 도사들이 사용하는 술법과 비슷한 것으로 생각됩니다."

"도사들이 쓰는 힘이면 도술?"

진진은 구름 위에서 학을 타고 다닌다는 도사들을 떠올렸다.

"도가에서도 법력이 깃든 물건이나 부적을 사용하지 않습니까."

"흠… 뭐, 아무튼 중원에도 비슷한 방법이 있다니 그리 신기한 것은 아니네."

진진은 다양한 지식을 배우고 쌓았지만, 술법과 같은 기이한 힘을 이용하는 쪽엔 전혀 아는 바가 없었다.

"그런데 쓸 때마다 그렇게 피를 뽑아야 한다면… 으흐!

난 가르쳐 줘도 못 쓰겠다."

 진진은 열 손가락 끝이 모조리 갈라진 아부의 손을 보며 진저리 쳤다. 싸울 때 보니 그럭저럭 쓸모는 있어 보였지만, 힘 좀 높여 보겠다고 피를 보는 것은 탐탁지 않았기 때문이다.

"주인 배워도 못한다."

 아부는 줘도 안 가진다는 진진의 말에 심통 난 표정을 지었다.

"할 수 있다 해도 안 배워. 그렇게 계속 싸우다간 칼 맞아 죽기 전에 과다 출혈로 죽고 말 거야."

 진진은 아부의 툴툴거림을 가볍게 무시해 줬다.

"그런데 정말 여기 있어도 괜찮은 겁니까?"

 마상필은 여전히 불안함을 떨치지 못하고 다시 의견을 물었다.

"내 예상이 맞는다면 철기방은 몰라도 팽만해와 당하지는 나를 다시 찾아올 거야."

"네? 그렇다면 큰일 아닙니까."

"큰일은 무슨. 아쉬워서 찾아오는 건데."

"아쉽다니요?"

"네가 선인루 위치를 알려 줬을 때 내가 한 말 잊었어?"

"네? 무슨……."

 마상필은 잘 기억이 나지 않는다는 듯 눈을 껌뻑였다.

"그 머리로 안 잡히고 돌아다닌 게 용하다."

진진은 한심하다는 듯 마상필을 바라봤다. 서른 중반이 넘은 마상필은 자신보다 어린 진진의 지적에 쑥스럽다는 듯 머리를 긁적였다.

"등잔 밑이 어둡다고 한 말 기억 안 나?"

"아! 혼란을 주겠다고 했던……."

"그들은 정보를 합쳐서 선인루의 위치를 알아내려고 할 거야."

"그렇겠죠."

"하지만 그 위치라는 게 어디 어디로 가면 됩니다, 라고 알려 주는 게 아니잖아."

"그런 면도 없지 않죠. 반고(班固)나 장형(張衡)보다 낫다. 양도부(兩都賦)도 이경부(二京賦)도 하지 못한 일을 비서랑(秘書郎)이 했다. 이게 뭔 소린지 정확히 모르겠으니."

진진은 팽가의 무인에겐 반고(班固)나 장형(張衡)보다 낫다. 양도부(兩都賦)도 이경부(二京賦)도 하지 못한 일이라고 적어 줬고, 남궁상에겐 비서랑(秘書郎)이 했다고 알려 줬다.

"이 문장이 정말 선인루로 가는 정보가 맞는지가 먼저다. 어디서 어떻게 구한 문구지?"

진진의 말에 마상필의 표정이 진지해졌다.

"사실 오래전부터 선인루에 대해 조사를 하던 사람이 있었습니다."

"그런데?"

"그 양반이 한때 먹물 좀 먹었던 양반인데, 밖으로 나돌다 보니 인연을 맺게 되었죠."

"흠, 계속해 봐."

"작년쯤 우연히 만날 일이 있었는데, 어디서 그렇게 상처를 입었는지 오늘내일할 정도로 심각한 몸이 되어 있었습니다."

마상필은 찻물을 들이켜더니 다시 말을 이었다.

"왕년에 그 양반 도움으로 위기를 넘긴 적이 있어서 일단 도움을 주기는 했는데, 상처가 너무 깊어 살릴 방도가 없더라구요."

"상처가 심했나 보네."

"네. 몸 곳곳에 검상이 가득했는데, 그 몸으로 어떻게 움직였는지 신기할 정도였습니다."

"그 사람이 죽기 전에 선인루의 위치를 알려 줬다?"

"결론만 이야기하면 그렇습니다. 몸이 그렇게 된 것도 선인루의 정보 때문이었다고 하더군요. 직접 찾아가 볼 생각에 움직였는데, 누군가 그 사실을 알고 뒤를 쫓은 모양입니다. 아무튼 할 말이 많은 눈빛이었는데, 결국 선인루를 찾아가는 방법만 알려 주고는 명이 끊어졌습니다."

"흠, 그런데 어쩌다 너에게 선인루의 정보가 있다는 게 알려진 거지?"

"그게……."

마상필은 자신의 치부를 드러내는 일이라 잠시 주저했지만 어쩔 수 없이 이야기를 꺼냈다.

"그 양반 바람대로 뒤처리를 해 주고 움직이다가 하북에 잠시 들렀는데."

"색마 짓을 한 모양이지?"

진진은 대충 그림이 그려진다는 듯 마상필을 바라봤다.

"그게 정파 놈들이 자꾸 색마, 색마 해서 이상하게 되어 버렸지만, 사실 힘으로 여인을 취한 적도 없고 마음과 마음으로……."

"그러셨겠지. 마음과 마음으로 맺어질 수 있도록 '믿고 먹는 폭풍합방', '하얗게 재가 됐어', '아이쿠, 영감 죽어'를 실컷 쓰셨을 테니까."

"그, 그건."

"됐고. 아무튼 베갯머리송사를 당했다는 거지?"

"송사까지는 아니고……. 그냥 선인루 가는 방법이 있을지도 모르겠다고만 했었습니다."

"누굴 건드린 거야?"

진진은 마상필과 인연을 맺은 여자가 무림의 사람임을 깨달았다. 보통 여인이라면 선인루 따위에 관심을 가질 이유가 없으니 말이다.

"저라고 알고 건드렸겠습니까? 그쪽에서 먼저 추파를 던져서 응했을 뿐인데, 알고 보니 팽가의 식솔이더라구요."

"식솔? 누구?"

"그건……."

"다 이야기했는데 새삼 뭘 숨겨. 그냥 이야기해 봐. 팽가에서도 나름 발언권이 있는 사람이니 선인루에 대한 이야기가 들어갔겠지."

"그게 도왕……."

마상필은 다 죽어 가는 목소리로 조심스럽게 이야기했다.

"뭐? 도왕의 여자를 건드렸다고? 간덩이가 부었구나!"

진진은 용감도 분에 넘치면 무식해진다더니 마상필이 딱 그 짝이라고 했다.

"아, 그 첩년이 먼저 꼬리를 쳤다니까요."

"너와 같이 다니다간 나도 같은 놈 취급 받겠어. 이거야 원, 어떻게 무림에 나와 만나는 사람마다 정상이 없는 거야."

진진은 고개를 절레절레 흔들었다.

"아무튼, 그년이 놀 때는 좋다고 놀더니 그새 일러바쳤지 뭡니까."

"너와 같이 놀았다고 스스로 말을 했다고?"

손님들

"아니요. 그랬다간 제 목이 먼저 달아날 텐데 그럴 리가 있습니까. 우연히 주워들었다는 그런 식으로 이야기했겠죠."

"결국 그래서 팽가가 백면호리를 잡겠다고 나선 것이군. 얼결에 소문이 나서 다른 세가의 후기지수들도 달라붙은 것이고."

진진의 말에 마상필이 고개를 끄덕였다.

"그러고 보면 당하지가 머리가 참 잘 돌아가는 것 같아. 다른 사람들은 그런 사연이 있는지 전혀 눈치를 채지 못한 것 같던데, 그 와중에 뭔가 있다는 걸 알아냈으니."

"네?"

"아니, 그냥 혼잣말이야. 그래서 더 이야기할 게 있어?"

"아니요. 대충 그런 것 같습니다."

"나는 그러고 보면 참 재수가 없네."

"네?"

"저놈은 다 죽어 가는 걸 살려 놨더니 거머리처럼 달라붙어 사고나 치고 다니고, 겨우 밥 한 끼 편하게 먹나 싶었는데 간덩이 부은 색마 약장수가 나타나 내 평안을 파탄 냈으니."

"쩝!"

"아부는 주인 좋다."

마상필은 할 말이 없다는 듯 입맛을 다셨지만, 아부는 자신의 이야기가 나오자 냉큼 입을 열었다. 물론 그의 전략은 여전히 생존형 노예 설정이다.

"얼씨구! 아까는 주인 나쁘다고 고래고래 소리를 지르더니. 너 정말 너희 나라에서 학자 생활 했던 거 맞아? 아무리 봐도 사기꾼 같은데."

"사기꾼? 그게 학자인가?"

아부가 고개를 갸우뚱하며 사기꾼과 학자를 동의어로 고민하자 진진이 한숨을 내쉬었다. 하지만 딱히 다른 말이라고 설명해 주기도 귀찮았다. 어차피 적당한 기회에 헤어질 생각이니 앞으로 어찌 살지는 알 바가 아니었다.

"아무튼 그 문장이 선인루로 가는 방법이 맞는다면 여기서 놀고 있는 게 좋아."

"그 말은… 선인루가 낙양에 있다는 말씀입니까?"

"그거야 나도 모르지. 하지만 문장이 뭘 이야기하는지는 알고 있으니 찾아가 보면 알지 않겠어?"

"하지만 선인루에 관심이 없다고……."

마상필은 아까와 이야기가 다르지 않느냐며 진진을 바라봤다.

"나야 관심이 없지. 하지만 다른 사람들은 관심이 넘치다 못해 과하지 않나?"

"그거와 이게 무슨 상관입니까?"

"문장 한 줄에 금자가 서른 냥이야. 그런데 그 문장을 풀어 주고 어디로 가면 되는지 알려 주면 과연 얼마나 받을 수 있을까?"

"……."

마상필이 황당한 표정으로 진진을 바라봤다.

"왜 그렇게 보는데? 나는 평생 가난에 찌들어 살아서 기회가 있을 때 벌어야겠어."

"네. 뭐……."

마상필이 너무 한탕주의라는 듯 칭얼거렸지만, 진진은 그러든 말든 신경 쓰지 않았다.

"물론 그들 나름대로 문장의 뜻을 알아낸다면 말짱 황이겠지만."

"아, 그래서 혼란을 줬다는!"

"그래. 성질 급한 무림인들이 어떻게 나올지 뻔하잖아. 자기들 머리로 생각하는 것보다 다른 사람 머리를 빌리는 게 빠르다 생각이 들면 찾아오겠지. 등장 밑이 어둡다고 해 줬으니, 다른 사람은 몰라도 당하지는 분명히 움직일 거야."

"하지만 당하지와는 관계가……."

"그래서 더 올 거야. 어떻게든 날 엿 먹이고 싶어 환장한 놈이니까."

마상필은 진진의 말에 그거와 이게 무슨 상관이냐고 따지고 싶었다. 하지만 또 엉뚱한 답변이 튀어나올 것 같은 기분이 들자 다른 쪽으로 대화를 돌렸다.

"그럼 선인루에 가 보실 생각은 있는 겁니까?"

"내가? 거길 뭐하러. 괜히 근처에 얼씬거려 봤자 칼부림이나 나지. 더 이상 골치 아픈 일에 휘말리고 싶지 않아. 거머리와 색마만으로도 충분히 버거운 상황이니까."

진진에게 호기심을 느낀 팽하리는 어렵지 않게 그들이 들어간 객잔을 찾아냈다. 아부의 이국적 외모와 피 묻은 행색은 사람들의 눈에 쉽게 띄었기 때문이다.

객잔 안으로 들어간 팽하리는 막 식사를 시작하려는 진진을 발견했고, 망설임 없이 자리로 이동했다.

"대협, 벌써 입질이 온 것 같습니다."

등을 돌리고 있던 진진과 달리 객잔 입구 쪽을 보고 있던 마상필이 팽하리를 발견하고 곧바로 입을 열었다.

"그래?"

진진은 입질이 왔다는 말에 팽가의 사람이 찾아왔음을 눈치챘다. 하지만 그 존재가 팽하리라고는 전혀 생각지 못했다.

"실례하겠어요."

"응? 누구……."

팽만해 일행으로 함께 있었지만 나서지 않고 조용히 있었기에 존재감이 크지 않았던 팽하리다. 당연히 진진은 그녀가 누군지도 알지 못했다. 무림의 인물이나 정보에 약한 진진은 이번 일이 끝날 때까지는 마상필의 도움을 받아야 했다.

"대협, 팽만해의 동생 되시는 팽하리 소저입니다."

마상필의 소개에 팽만해에게 동생이 있었는지는 몰랐다며 고개를 끄덕였다.

"진진입니다."

"팽하리입니다."

"그런데 무슨 일입니까? 서로 더 이상 볼일이 없을 텐데요."

"문제를 일으키고자 찾아온 것은 아닙니다."

"괜찮으시면 일단 앉으시죠."

"네, 그럼."

진진이 자리를 청하자 팽하리는 기다렸다는 듯 냉큼 착석을 했다.

'무림의 여인들은 여염집 규수들에 비해 성격이 직선적이고 거침이 없다고 하더니, 이 여자도 미령이 못지않아 보이네.'

물론 무림의 여인이라 해 봤자 진진이 겪어 본 사람은 제갈미령이 전부다. 그리고 그녀의 언행이 워낙 인상 깊게 남아서 팽하리의 행동 역시 그것을 참고해 판단하는 진진이다.

'이 여자도 고정관념이 강하고, 자기 고집이 대단하려나? 무슨 생각으로 찾아온지는 모르겠지만 일단 분위기를 살피는 게 좋겠군.'

팽하리 역시 눈치껏 분위기를 살폈다.

'정파의 사람이라면 마상필과 겸상 따위는 하지 않을 텐데.'

그녀가 자신의 오라비인 팽만해보다 객잔에 늦게 들어가긴 했지만, 진진이 마상필과 관계가 없는 사람이라는 것쯤은 이미 파악했다. 그저 하필이면 그 객잔에서 마상필 근처에 있었을 뿐이다. 그리고 그 안에서 벌어진 어려움은 거의 대부분이 마상필 때문이었다.

'그런데도 마상필을 쫓아내지 않고 함께 있는다?'

팽하리는 진진이 어떤 성향을 지녔는지 선뜻 파악이 되지 않았다. 관심이 가는 사내이긴 하지만 사파적 성향이 강하다면 생각을 달리해야 했다.

'저자는 철기방을 끌고 왔던 그 이방인이구나. 그때는 상태가 엉망이라 잘 알아보지 못했는데, 이제 보니 눈에 총기가 강한 자다. 그런데 진진을 주인으로 부르는 걸 보면 상당히 깊은 사이인 것 같은데.'

팽하리는 마상필보다 아부 쪽을 공략하는 게 좀 더 자신에게 유리하지 않을까 하는 생각이 들었다.

"저쪽 분은 상당히 이국적인 용모를 지니셨네요."

"아, 아부 말이군요. 철기방 주인은 아랍 사람이라고 하더군요."
"아랍이요?"
"아부의 나라를 그렇게 부르나 봅니다. 나 역시 자세히는 알지 못합니다."
"듣자하니 이방인이 진 대협을 주인으로 모시고 있다고 하던데……."

데리고 있는 노예의 신상 정도는 말해 줄 수 있지 않느냐며 진진을 바라봤다.

"아부가 나를 주인이라고 부르는 것은 다 부질없는 짓입니다. 그리고 나는 아부에 대해 아는 바도 없군요."
"네?"

팽하리는 그게 무슨 소리냐는 듯 아부와 진진을 바라봤다. 그러자 아부가 발끈한 표정으로 언성을 높였다.

"아부 주인은 진진이다. 나는 진진에게 염병을 잘한다!"
"예에?"

팽하리는 무슨 황당한 소리냐는 듯 아부를 바라봤다.

"그냥 무시하세요. 중원어에 익숙지 않아 헛소리를 잘합니다."
"아, 예……."

팽하리는 나름 머리를 굴려 봤지만 뭐가 뭔지 모르겠다는 표정을 지었다.

"그런데 무슨 일로 저를 찾아왔는지 물어도 되겠습니까?"

진진은 문장의 해석에 관한 일이라면 냉큼 알려 주고 돈이나 챙기고 싶었다.

진진의 말에 팽하리는 흐트러졌던 정신을 수습했다.

"진 대협에게 관심이 있어서 찾아왔습니다."

"네?"

이번엔 진진이 어리둥절한 표정이 되었다. 그러나 마상필은 팽하리가 객잔에 들어온 뒤부터 계속 신색을 살피고 있었기에, 그녀가 어떤 의미로 이야기를 하고 있는지 눈치를 챘다.

'도도하기로 이름 높은 팽하리가 먼저 꼬리를 쳐? 햐! 세상에… 해가 서쪽에서 뜨겠군.'

마상필은 진진과 팽하리를 번갈아 보며 의뭉스런 미소를 지었다. 다른 건 몰라도 남녀 관계에 있어서만큼은 중원제일이 바로 자신 아니겠는가.

"자자, 이럴 게 아니라 일단 요기라도 하면서 대화를 나누시죠. 음식이 식겠습니다."

마상필의 말에 진진이 팽하리에게 말을 건넸다.

"괜찮으시다면 같이 드시죠."

"실례가 되지 않는다면……."

"음식이 부족하면 또 시키면 그만 아니겠습니까. 자, 드시죠."

"네, 그럼."

팽하리가 고개를 끄덕이자 마상필이 술병을 들었다.

"모름지기 사람이 사람을 만나는데 술이 빠질 수는 없는 일이죠. 자, 같이 잔들 채우시죠."

마상필은 팽하리 앞에도 술잔을 하나 올려놨다.

"네, 사양치 않겠습니다. 하지만 백면호리보다는 진 대협에게 술을 받고 싶군요."

술병을 들고 분위기를 띄우던 마상필은 '아무래도 그게 좋겠죠?'라며 자연스럽게 술병을 넘겼다.

진진이 병을 받아 들고 '너 뭐하자는 거냐?'는 눈빛을 날렸지만, 마상필은 슬그머니 시선을 돌려 버렸다. 팽하리가 진진에게 호의적인 입장으로 찾아온 이상 조금이라도 친분을 높이는 게 앞으로의 행보에 도움이 된다고 생각했다.

진진이 막 술을 따르려는 순간, 익숙한 목소리가 진진의 귀를 간지럽게 했다.

"오라버니, 저도 한 잔 마실 수 있겠어요?"

"미령?"

진진이 '넌 또 왜?'라는 표정을 지었지만 미령은 아랑곳하지 않고 자리로 다가와 합석을 했다. 진진의 자리가 그리 넓은 식탁은 아니었기에 미령까지 끼어들자 사람들 사이가 상당히 가까워졌다.

팽하리는 갑자기 제갈미령이 나타나 허락도 받지 않고 자리에 앉자 불편한 표정을 지었다.

"괜찮죠?"

미령은 팽하리가 자신을 보든 말든 진진만 바라봤다. 마상필은 '오호! 이것 봐라?' 하는 표정이 되었다. 이제 보니 진진이 양손에 떡을 쥐고 있는 상황이 아닌가. 하지만 진진은 미령이 불편하다는 듯 퉁명스런 목소리로 입을 열었다.

"뭐하러 왔어?"

"뭐하러 오긴요. 아까는 상황이 좀 그래서 어쩔 수 없었지만, 일도 마무리되었으니 인사라도 할까 찾아왔죠."

"에이, 설마."

진진은 그 거짓말 참말이냐며 미령을 바라봤다.

미령은 애초부터 진진이 편하게 만나 줄 거라곤 생각지 않았다. 자신이 한 일이 있고 진진이 했던 일이 있는데, 하하 호호 웃으며 아무렇지 않을 수는 없었기 때문이다. 하지만 이미 예상한 일이었고, 그 정도는 얼마든지 과거의 추억 거리로 만들 수 있다고 생각했다.

"일단 한 잔 주세요."

미령은 술잔 하나를 집어 진진 앞에 내밀었다.

"쩝! 술 정도야……."

진진이 들고 있던 병을 미령 쪽으로 이동시키자 그 장면

손님들 • 221

을 지켜보고 있던 팽하리가 입을 열었다.

"찬물도 위아래가 있는 법인데, 동생이 먼저 받을 수는 없지 않나?"

"어머! 팽 언니도 있었네요."

미령은 전혀 몰랐다는 듯 놀란 표정을 지었다.

진진은 미령의 태도에 '얘 지금 왜 이러는 거지?' 하는 표정을 지었다. 아부야 진진 옆에만 붙어 있으면 그만이라고 생각하는 사람이니 신경을 쓰지 않았지만, 마상필은 '이거, 이거 재미있네!' 하며 흥미진진한 눈빛이 되었다.

"먼저 온 사람이 선작을 해야지 않겠어요?"

미령의 술잔 옆에 팽하리가 자신의 잔을 내밀었다. 진진은 술 잔 두 개를 멀뚱히 바라보다가 자신의 잔에 술을 채우고 병을 내려놨다.

"각자 알아서 먹지."

팽하리는 무시를 당했다는 생각에 얼굴이 잠시 붉어졌지만, 이미 진진에게 죽도록 맞기까지 한 미령은 이 정도는 아무것도 아니었다. 복잡한 일이나 귀찮은 일이 생기면 그것을 고민하기보다 무시하는 게 진진의 성격임을 알고 있기 때문이다.

"칫! 여전하시네."

미령은 아무렇지도 않다는 듯 병을 잡더니 자신의 잔에 술을 채웠다. 그러자 팽하리 역시 질 생각이 없다는 듯 잔을 채웠고, 그 뒤에 마상필과 아부의 잔도 술이 채워졌다.
"자, 그럼 먹어 볼까?"
 진진은 각자도생(各自圖生) 하자며 식사에만 집중하기 시작했다.

제11장

사부님! 사부님! 젠장! 사부님!

 식사는 생각보다 조용히 진행됐다. 진진은 두 여자의 신경전에 끼어들고 싶지 않았다.
 '미령이 저것은 꼭 중요한 순간에 초를 치네.'
 진진은 팽하리를 한몫 단단히 챙겨 줄 돈주머니로 보고 있었다. 그런데 미령 때문에 거래가 전혀 진행이 되지 않았다. 물론 팽하리가 찾아온 목적을 오해한 진진의 착각이다.
 하지만 마음 한구석에선 그런 미령이 밉지는 않았다. 아마도 제갈진수 때문일 것이다. 첫 만남이 유쾌하지 않아 투닥거리긴 했지만 자신은 과거에 연연하는 성격이 아니었다. 미령의 심리가 어떤지는 알 수 없지만, 그녀 역시 예전처럼 적대적 감정으로 나선 것처럼 보이진 않았기에 그럭저럭 넘어간 것이다. 그게 아니었다면 진즉에 쫓아 버렸을 것이다.

마상필은 음식보다는 술잔을 기울이며 이 기묘한 분위기를 파악하고자 했다. 이성 관계에 전문가인 자신이 보기에 팽하리는 물론이고 제갈미령까지 진진에 대한 태도는 분명 호기심 또는 그 이상의 것이었다.

'묘하다, 묘해. 꽃이 양손에 피었는데 눈길조차 주지 않다니. 목석이 아닌 이상 어찌 이런 일이.'

남자들만 있는 자리는 대화의 주제도 한정적이고 퍅퍅하다. 하지만 그 사이에 여인이 끼어들면 언제 그랬냐는 듯 나긋나긋해지고, 다양한 이야기가 오가기 마련이다. 그런데 지금 이 자리는 자신들끼리 있을 때보다 더 퍽퍽해진 상태였다.

'아, 싫다. 이런 분위기.'

마상필은 어떻게든 분위기를 반전시켜 보고자 기회를 노렸다. 다른 사람도 아니고 팽가의 금지옥엽과 제갈세가의 금지옥엽이다. 그것도 꽃이 만발하여 미모가 활짝 핀 두 여인이 함께하고 있는데 이럴 수는 없었다.

아무리 눈치 없는 아부라도 지금 이 자리가 정상적이지 않다는 것 정도는 알고 있었다. 마상필과는 조금 다른 형태지만 그 역시 두 여자가 진진과 관계가 있고, 그녀들이 찾아온 것은 나쁜 목적은 아니라고 생각했다.

'주인도 하렘에 관심이 있구나.'

술탄들은 수많은 여인들을 궁에 모아 놓고 자신만의 향락을 즐긴다. 그리고 많은 여인들을 챙겨야 하기에 어느 한 사람에게 쉽사리 정을 주지도 않았고, 그렇다고 누군가를 배척하지도 않았다. 그래야 여인들이 반목을 하기보단 서로를 위하며 지낼 수 있기 때문이다.

아부는 진진의 태도 역시 그와 비슷한 것이라 생각했다. 처음 온 여자는 도도하지만 지적인 느낌이 강하고, 두 번째 찾아온 여자는 차가워 보이지만 이면에 활달함이 느껴졌다.

'예쁘네……'

나라는 다르지만 남자의 눈은 거기서 거기였다. 특정 조건을 미의 기준으로 삼지 않는 한 예쁜 게 예쁜 거고, 못생긴 게 못생긴 것으로 보였다. 어린아이들도 심미안이 있어 외모가 아름다운 사람을 따른다는데 당연한 이치였다. 하지만 자신의 주인은 전혀 관심이 없어 보이니 답답하기만 했다.

"멍청이 같은 주인."

아부는 속으로만 생각을 한다는 게 답답한 마음이 크다 보니 자신도 모르게 생각을 입 밖으로 내밀고 말았다.

"뭐?"

진진은 뜬금없이 자신을 멍청이라고 하는 아부 때문에 젓

가락질을 멈췄다.

"네?"

자신이 소리를 내서 생각을 표현했다는 것을 인지하지 못한 아부는 오히려 어리둥절한 표정을 지었다.

"내가 멍청이라며."

"어억! 주인, 사람 마음 읽었다!"

아부는 충격을 먹은 듯 눈이 동그래졌다.

"무슨 헛소리야. 네가 방금 그렇게 말을 했잖아."

"아니다. 나는 그냥 생각만 했다."

"뭐야. 그러니까 내가 멍청하다고 생각했다 이거네."

"어어억! 그, 그게 아니다. 그게……."

아부는 '이게 아닌데.' 하는 표정으로 당혹감을 감추지 못했다.

"조용히 밥이나 먹자. 나는 밥 먹을 때만이라도 평안을 누렸으면 좋겠어."

식사 때마다 사달이 나서 바람 잘 날 없었던 진진은 아부를 노려보며 잘근잘근 이야기했다.

"밥. 조용히. 아부는 주인 말 잘 듣는다."

아부가 슬그머니 눈을 깔자 진진은 흡족한 표정으로 다시 식사를 시작했다.

사실 철기방에 쫓겨 객잔을 찾아갈 때만 해도 아부는 진진에 대해 화풀이라도 할 생각이었다. 그런데 어리바리 만만하게 보였던 진진이 머리도 좋고 힘도 세다는 것을 알게 되자 은근히 기가 죽은 상태였다. 괜히 찍혔다가 쫓겨나기라도 하는 날엔 앞날이 막막해지는 것이다. 아니, 최소한 중원 말을 어느 정도 익힐 때까지는 절대 떨어져서는 안 됐다. 머나먼 이국땅에서 진진은 유일한 방패고, 안전지대였다.

아부와 진진의 대화를 지켜보고 있던 팽하리가 조심스럽게 입을 열었다. 진진은 조용히 밥이나 먹자고 했지만 최소한의 대화 정도는 필요하다고 생각했다.

"진 대협."

"네."

"아부라는 저 사람은 어떻게 만나신 거죠?"

"별로 말하고 싶지 않습니다."

"아, 네……."

진진은 조용히 밥이나 먹자는 말 못 들었냐는 듯 그녀의 질문을 일축해 버리자 팽하리의 얼굴이 붉게 달아올랐다. 창피를 샀다고 느낀 것이다.

그러나 한 번 말하면 그대로 지키려 드는 진진의 성격을 잘 알고 있는 미령은 당연히 그렇게 될 줄 알고 있었다. 미령은 객잔에서처럼 자신도 모르게 웃음이 나왔다.

"풋."

제갈미령의 웃음에 얼굴이 붉어졌던 팽하리가 눈꼬리를 올렸다.

'저게!'

'흥! 관심을 끌고 싶은가 본데. 그렇게 해서는 평생 가도 벙어리 신세일 거다.'

떡 쥔 사람은 생각도 없는데 알아서 국물들 마셔 대는 두 여자였다.

✠ ✠ ✠

두 여자가 침묵의 식사에 동참하고 있을 쯤, 팽만해 일행은 그와 정반대의 분위기를 쏟아 내고 있었다.

"이게 도대체 무슨 뜻인지 모르겠습니다."

진지승이 머리가 깨질 것 같다며 짜증을 냈다.

"하, 우리가 속은 게 아닐까요?"

남궁상 역시 이게 어떻게 선인루로 가는 방법이냐며 고개를 흔들었다. 당하지와 팽만해 역시 머리가 아프긴 마찬가지였다.

"반고(班固)나 장형(張衡)보다 낫다. 양도부(兩都賦)도 이경부(二京賦)도 하지 못한 일을 비서랑(秘書郞)이 했다라……."

당하지는 마상필에게 얻어 낸 문구를 다시 한 번 중얼거렸다. 그때 그 모습을 지켜보고 있던 진주언가의 언청희가 조심스럽게 입을 열었다.

"저기……."

"응?"

"뭔가 알아낸 게 있는 것이오?"

언청희의 나이는 방년 십팔 세. 후기지수 모임에서 가장 어리지만 총명하기는 제일로 소문난 재녀였다. 제갈미령이나 팽하리처럼 완숙한 미모를 보이진 않았지만, 몇 년만 지나면 그녀 역시 사람들 입에 오르내릴 게 분명했다.

"그게 아니구요, 아까 객잔에서 그 사람이 한 말이 기억나서."

"그 사람이라니? 아, 진 형 말이냐?"

팽만해는 어느 순간부터 진진을 진 형이라고 부르고 있었다. 어려 보이는 외모와 달리 자신과 같은 나이임을 미령에게 들었기 때문이다. 당하지는 그런 팽만해의 태도가 마음에 들지 않았지만 그렇다고 따질 수도 없었다.

"네. 그 오라버니가 등잔 밑이 어둡다고 했거든요."

언청희는 팽만해가 진진을 진 형으로 부르자 냉큼 자신도 호칭을 바꿔 불렀다. 무림에서 적대 관계로 낙인을 찍지 않는 이상 강자와 친분을 쌓는 건 언제든 환영이었기 때문이다.

"등잔 밑이 어둡다라. 아, 저도 기억이 나는군요."

맹철한이 언청희의 말에 맞장구를 쳤다.

"설마, 그놈이 문장의 비밀을 풀어내기라도 했다는 거냐?"

당하지는 웃기지 말라는 듯 콧방귀를 뀌었다. 진진에 대한 선입견이 없는 이들은 팽만해의 호칭 변화를 통해 동조하는 분위기지만, 당하지와 진지승은 자신들의 호칭을 바꿀 생각이 없었다. 남궁상은 이러지도 저러지도 못하는 어중간한 입장을 보였고 말이다.
 "당하지."
 "네, 팽 형님."
 "내 앞에선 진 형에 대한 호칭을 조심해 줬으면 하는데."
 "……."
 "자네 친구나 형제를 내가 이놈 저놈 하면 좋겠는가?"
 "그건 아닙니다만."
 "부탁하지."
 "형님, 그자는 사악하기가 이를 데 없는 자입니다. 겉모습에 속아서는 안 됩니다."
 당하지는 제발 정신 좀 차리라는 듯 언성을 높였지만 팽만해는 고개를 저었다.
 "다른 건 몰라도 한 가지는 확실하지."
 "그게 뭡니까?"
 "진 형은 자신이 억울한 입장에 처해 궁지에 몰렸어도 누구 한 명 해치지 않았다는 점이다."
 팽만해의 말에 일행은 '아!' 하는 표정을 지었다. 미처 그것은 몰랐다는 표정들이다.

하긴 자신들은 일단 적이라 생각하고 검을 빼 들면 기어코 피를 봐 왔으니, 아까 객잔에서도 당연히 한둘은 죽었을 거라고 생각했었다. 그런데 다친 사람은 있어도 목숨을 잃은 사람은 없다는 말에 다들 놀란 표정을 지은 것이다.

"거기다 그는 처음부터 우리를 제압하고자 했다면 어렵지 않았을 것이다."

팽만해의 말에 맹철한이 고개를 끄덕였다.

"네. 설마 그 고집쟁이 막무가내가 양보할 줄은 상상도 못 했으니까요. 철기방의 원해룡 하면 조만간 선인루의 초청을 받을지 모른다는 초절정고수 아닙니까."

맹철한은 진진의 권격에 원해룡이 놀랐던 모습을 떠올리며 은근히 통쾌한 표정을 지었다. 워낙 안하무인으로 소문난 인간이라 더 그렇게 느꼈는지도 몰랐다.

"그런데 그 오라버니는 자신의 실력이 어느 정도인지 잘 모르는 것 같던데."

언청희가 진진의 비밀 한 가지를 자연스럽게 집어냈.

"설마."

맹철한이 말도 안 된다는 표정을 지었다.

"아니에요. 제 생각이 맞을 거예요. 팽 대형과 비무를 한 것도 어쩌면 그것을 확인하고 싶어서였을 수도 있어요."

언청희의 말에 팽만해가 잠시 생각에 잠겼다.

"청희의 말이 맞을 수도 있다."

팽만해가 인정을 하자 다들 멀뚱한 표정이 되었다. 아니, 자신의 무위도 정확히 파악하지 못하는 자가 세상천지에 어디 있단 말인가.

"일단 중요한 것은 그게 아니구요. 그 오라버니가 문장의 비밀을 알고 있을지도 모른다는 거죠."

언청희는 사람들의 생각을 본래 자리로 돌려놓았다.

"너는 우리들끼리 시간을 낭비하느니 직접 가서 물어보자는 말을 하고 싶은 거겠지?"

팽만해의 질문에 언청희는 고개를 끄덕였다.

"밑져야 본전 아니겠어요?"

"좋다. 그럼 내가 직접 가 보지."

팽만해가 몸을 일으키자 언청희가 곧바로 입을 열었다.

"그 오라버니가 어디 있는지 아세요?"

"사실 하리를 보내 놨다."

"에에? 그럼 아까 개인적인 일을 보러 갔다는 게."

"그래. 혹시나 싶어 진 형에게 보내 놨다."

사실은 팽하리가 알아서 쫓아간 거지만 사람들 앞에서 그런 내용을 밝힐 이유는 없었다.

"좋아요. 그럼 저도 함께 가요."

언청희가 자리에서 일어나자 다른 이들도 몸을 일으켰다.

"너희들은 이곳에 있거라. 우르르 몰려가면 불편해할 수도 있으니."

팽만해의 말에 다들 엉덩이를 붙였지만 당하지는 고개를 저었다.

"아닙니다. 저도 같이 가겠습니다."

"불편한 사이인데 같이 가겠다는 것이냐?"

팽만해는 이해가 가지 않는다는 듯 당하지를 바라봤다.

"그래서 더 제가 필요할 겁니다. 그자가 술수를 쓰지 않도록 막을 수 있을 테니까요."

당하지의 말에 언청희가 고개를 끄덕였다.

"당 오라버니도 같이 가죠. 만약이라는 게 있으니까요."

언청희의 말에 진진에게 찾아갈 사람은 셋으로 결정이 되었다.

✠ ✠ ✠

절반 정도 식사가 진행됐을 쯤, 갑자기 시키지도 않은 요리가 추가로 나오기 시작했다.

"이게 뭡니까?"

진진은 요리를 내려놓는 점소이를 향해 물었다.

"네? 주문하신 요리인데요."

"아니, 내가 언제……."

진진은 주문한 적이 없다고 말을 하다가 마상필과 아부를 바라봤다. 너희들이 시켰냐는 의미다.

"아닌데요."
"아니다."
두 사람은 내내 함께 있었는데 그게 무슨 소리냐는 듯 고개를 저었다. 그러자 이번엔 팽하리와 제갈미령에게 시선이 돌아갔다.
"저도 잘……."
"모르는 일인데요."
팽하리와 제갈미령 역시 고개를 저었다.
"그럼 도대체 누가?"
진진은 네 사람 모두 주문한 적이 없다고 하자 점소이에게 고개를 돌렸다.
"우리는 시킨 적이 없습니다. 요리가 잘못 배달된 것 같은데."
진진의 말에 점소이는 그럴 리 없다며 재빨리 입을 열었다. 자칫하면 자신이 다 뒤집어쓸 수도 있기 때문이다.
"아닙니다. 분명히 어르신 한 분이 이쪽으로 음식을 내오라고……."
"어르신?"
진진은 그게 무슨 소리냐며 따지려다 급히 객잔 안을 둘러봤다.
"어?"
진진은 익숙하지만 보고 싶지 않은 얼굴을 발견했다. 객잔 안쪽 귀퉁이에서 '그분'이 반갑게 손을 흔들었기 때문이다.

"누구, 아시는 분입니까?"

마상필 역시 그분을 발견했는지 궁금한 표정을 지었다.

"몰라."

진진이 냉정하게 고개를 돌려 버리자 다른 이들의 시선도 잠시 그쪽으로 향했다. 모르는 사람이 요리를 주문했다는 말에 무슨 일인가 싶었기 때문이다.

"어! 사부님?"

진진은 모르는 사람이라 일축했지만 제갈미령은 손을 흔들고 있는 그분이 어떤 분인지 정확히 기억을 하고 있었다. 바람처럼 나타나 자신들이 백치가 되는 걸 막아 주고, 바람처럼 떠났던 바로 진진의 사부님이었다.

"사부 같은 소리. 조용히 밥이나 먹어."

"네? 아니, 왜……."

그때도 진진과 사부 사이에 뭔가 틀어진 게 있다는 걸 알고 있었지만, 이 정도일 줄은 미처 생각지 못했다.

"미령아."

"네?"

"신경 꺼라."

"네."

다른 사람들은 모르는 진진의 비밀(?)을 알고 있는 제갈미령이었기에 우쭐한 마음이 들었었다. 그러나 진진이 차가운 눈빛으로 비밀(?)을 묻어 버리자 조용히 입을 다물어야 했다.

하지만 구석진 곳에서 손을 흔든 존재가 진진의 사부라는 걸 알게 된 사람들은 어찌해야 할지 판단이 서지 않았다. 진진의 말대로 무시를 하는 게 맞는지, 아니면 이쪽으로 모셔와 함께 자리를 해야 하는지 헷갈렸기 때문이다.

그러나 무시하는 진진이나, 헷갈리는 이들 역시 더 이상 고민할 필요가 없어졌다. 그분께서 친히 방문을 하셨기 때문이다.

"진진아, 오랜만에 사부를 봤으면 인사는 몰라도 아는 척은 해야 할 것 아니냐."

"인사는 무슨."

진진은 사부 양인수가 직접 거동을 했음에도 고개를 처박고 식사에만 집중했다.

"이거 초면에 민망하군. 나는 여기 이놈의 사부 양가라고 하는데……."

양인수는 어른이 왔는데 멀뚱히 바라만 볼 거냐는 듯 네 사람을 쓱 훑었다.

"이쪽으로……."

그나마 안면이 있던 미령이 의자를 챙겼다. 안 그래도 좁았던 자리가 양인수의 합류로 완전히 꽉 차 버렸다.

"아, 진짜. 안 그래도 좁아 죽겠는데."

"이놈아, 밥 한 끼 같이 먹는 게 뭐 그리 어렵다고 소란이야. 맛난 것도 시켜 줬건만."

"안 먹어요."

"싫으면 말든지. 처자들, 같이 드십시다."

양인수는 툴툴거리는 진진은 무시하고 두 여자와 두 남자에게 시선을 돌렸다.

"아, 네……."

팽하리가 분위기에 적응하지 못하고 어색한 표정을 지었다. 하지만 제갈미령은 이미 양인수의 특이한 성격을 경험해 본 적이 있기에 감사히 먹겠다며 인사까지 했다.

"오, 처자는 그때 그……."

"네. 제갈미령입니다."

"부러진 팔다리는 잘 아물었어?"

"네? 아, 네."

제갈미령은 양인수가 과거 이야기를 꺼내자 잠시 당황을 했지만 재빨리 고개를 끄덕였다.

"그런데 그때와는 분위기가 많이 다르네. 진진 저 녀석을 잡아먹을 듯 노려봤던 것으로 기억하는데."

"아니요. 그땐 제가 오해를 해서……."

"그래? 오해는 풀렸고?"

"네. 제가 잘못을 했었죠."

"호!"

양인수는 조신하게 대답하는 제갈미령을 보며 의미심장한 눈빛을 보였다. 옆에서 대화를 지켜보고 있던 팽하리는 분위기가 이상하게 돌아가자(마치 시집 어른 상견례하듯) 대화에 끼어들었다.

"어르신, 팽하리라고 합니다. 처음 뵙겠습니다."

"허허! 제갈세가에 이어 하북팽가인가?"

양인수는 여전히 고개를 처박고 있는 진진을 보며 대견스럽다는 표정을 지었다.

"나도 왕년에 인기 좀 있다 했었는데, 역시 내 제자답다."

양인수의 뻔뻔한 자기 자랑에 진진이 고개를 들어 올렸다.

"도대체 뭘 하고 다니는 겁니까? 뜬금없이 나타났다가 사라지지를 않나. 이번엔 또 어떻게 찾아온 겁니까?"

어쩌면 자신의 주변에 머물고 있을 수도 있다고 생각을 한 적도 있다. 하지만 아무리 봐도 사부의 흔적을 찾을 수 없어 멀리 다른 곳으로 떠났다고 생각했다. 그런데 그게 무슨 말이냐는 듯 떡하니 모습을 드러내니, 도무지 어떻게 된 건지 내막을 알 수가 없었다.

"다 내 능력이니라."

"능력은 개뿔."

"조용히 밥이나 먹거라. 나도 너랑은 할 이야기가 없으니."

"쳇!"

진진은 다시 고개를 박았고, 애꿎은 음식만 입에 처넣었다.

"어디 보자. 이쪽 분들은… 응?"

양인수가 마상필과 아부 쪽으로 시선을 돌렸다가 고개를 갸우뚱했다.

"그쪽은… 아니, 너 어디서 나 본 적 없냐?"

마상필은 대뜸 '너 나 알지?'라는 질문에 눈을 껌뻑였다. 초절정고수의 사부면 더 고수일 텐데 자신이 그런 사람을 만났을 리가 없다. 그런데 곰곰이 생각하니 양인수의 말대로 어디선가 본 적이 있는 것 같기도 해서 기억을 끄집어내려고 끙끙거렸다.

"너 동팔이 맞지?"

"네?"

"맞네."

"아니, 어르신이 저를 어떻게……."

마상필도 아니고 동팔이란다. 그 이름은 어렸을 때 말고는 쓴 적도 없고, 이름을 바꾼 뒤론 기억 속에서 지워 버린 이름이었다. 그런데 그 이름을 알고 있다니, 양인수의 정체를 더더욱 파악하기가 어려워졌다.

"늙은 여우가 똥통에서 주웠다고 동팔이라고 지었지, 아마?"

"에에에!"

마상필은 자신의 과거까지 정확히 알고 있는 양인수의 말에 자리에서 벌떡 일어났다. 자신의 사부와 알고 지내는 사이라니!

"내놔."

"네? 뭘……."

"그 여우 같은 늙은이가 나에게 사기를 쳤어."

"어억! 그게 무슨 말씀이신지?"

초절정고수의 사부를 대상으로 사기를 치다니. 자신의 사부가 미치기라도 했단 말인가!

마상필은 식은땀이 주르륵 흘러내렸다. 진진만 해도 감당이 안 되는데, 그 사부가 나타나 호통을 치니 속이 바짝 타올랐다.

"그 망할 영감이 허접한 가면 하나 넘기면서 돈은 돈대로 뜯어 갔거든. 하도 큰소리쳐서 쓸 만하다 싶었는데, 내가 그거 뒤집어쓰고 얼마나 창피했는지 알아?"

"혹시 면구라도 구입하셨던 겁니까?"

"그래. 완전히 쭈글쭈글하고 괴물 같은 몰골이 되어서 아주 기분이 더러웠었다."

양인수는 과거 진진이 가출을 했을 때 고이 간직하고 있던 면구를 사용한 적이 있었다. 급하게 뒤집어쓰느라 엉망이 된 것은 쏙 빼 버리고, 물품이 불량이었다며 오히려 큰

소리를 친 것이다.

"그게, 저는 모르는 일인지라."

"사부의 빚은 제자가 갚는다. 아닌가?"

"그건 은원 관계를 말하는……."

"은원 관계가 꼭 피로만 이어져 있는 건 아니지. 내놔."

양인수는 아주 떳떳하게 돈을 요구했다.

"하지만……."

"싫다고?"

"끄응! 얼마나……."

"은자 열 냥."

마상필은 면구값이 은자 열 냥이라는 말에 오히려 허탈한 표정이 되었다. 자신의 사부가 만든 면구라면 하급이 은자 서른 냥, 중급은 쉰 냥, 상급은 백 냥에 달했다. 그런데 달랑 은자 열 냥이라니. 뭐가 어떻게 된 건지는 모르겠지만, 그 가격에 면구를 팔았다면 불량품이 확실해 보였다.

"네, 드려야죠."

마상필은 다른 소리가 나오기 전에 후다닥 보상 작업을 마무리했다. 은자를 흡족한 표정으로 만지작거리던 양인수는 아부를 힐끔 보더니, 다시 두 여자에게 시선을 돌려 버렸다.

"그래, 처자들은 우리 진진이가 어디가 좋은고?"

"네?"

"어머!"

 팽하리와 제갈미령은 양인수의 기행을 멍하니 보고 있다가 방어할 틈도 없이 기습을 당했다. 은자를 빼앗기고 떨떠름한 표정으로 앉아 있던 마상필은 양인수의 절묘한 막말에 놀람과 감탄의 빛을 동시에 보였다. 물론 음식만 축내고 있던 진진이 컥 소리를 내며 가슴을 치더니, 급히 물을 찾은 건 당연한 수순이다.

"아, 젠장! 사부님!"

 진진은 지금 무슨 소리를 하는 거냐며 언성을 높였다.

제12장

기다렸습니다

"왜 화를 내고 그러냐?"

양인수는 진진의 반응에 오히려 이상하다는 표정을 지었다.

"지금 그걸 말이라고 합니까?"

진진은 잊을 만하면 뜬금없이 나타나 짜증을 유발하는 사부 때문에 머리가 지끈거렸다.

"중이 제 머리 못 깎는다 했다. 넌 밥이나 먹어."

양인수는 진진의 항변은 깨끗이 무시한 채 팽하리와 제갈미령에게 시선을 돌렸다.

"아, 좀!"

진진은 그만 좀 하라고 재차 언성을 높였지만 양인수는

거침이 없었다.

"저 녀석이 사내들만 가득한 곳에서 커 놔서 여자가 어떤 존재인지 아는 게 없다네. 처자들이 이해해 주게나."

양인수의 말에 두 여자는 내심 그런 것 같았다며 고개를 끄덕였다.

"그래, 계속 만나 볼 의향은 있고?"

"그게… 아직은 아는 게 많지 않아서……."

팽하리는 대답하기 곤란하다며 머뭇거렸다. 하지만 제갈미령은 달랐다.

"저는 만나 보고 싶어요."

제갈미령이 적극적으로 나오자 팽하리의 표정이 복잡해졌다. 물론 호기심은 가지고 있다. 그렇지 않았다면 이곳까지 찾아오지도 않았을 것이다. 하지만 호기심과 진지한 만남은 전혀 다른 이야기다. 자신이 아무리 무림의 여인이고 자유로운 성향을 지니고 있다지만, 이런 부분은 함부로 답하기 어려웠다. 그러나 알 수 없는 게 사람 심리였다. 딱히 결정된 것도 없지만 제갈미령이 적극적으로 대답을 하자 손해 보는 느낌이 났다.

"네, 저 역시 만나 보고 싶어요."

"언니는 아는 게 없어서 싫다고 했잖아요."

"싫다고 한 적은 없지. 아직 아는 게 많지 않으니 앞으로 알아 가고 싶다고 하려 했을 뿐이야."

팽하리는 사람 말은 끝까지 들어 봐야 아는 것이라며 제갈미령의 항의를 물리쳤다.

"팽 소저, 나는 관심 없습니다. 미령이 너도 이상한 소리 하지 말고."

양인수에게 휘말린 두 여자는 얼결에 고개를 끄덕였지만, 정작 당사자가 반대를 하고 나섰다. 그러자 두 여자의 얼굴에 난감함과 실망감, 부끄러움이 복합적으로 뒤섞였다.

"처자들, 신경 쓰지 마시게. 말했다시피 저놈이 이성 관계엔 완전히 멍청이거든."

"하……."

진진은 꿋꿋하게 자신의 의견을 밀고 나가는 사부를 보며 한숨이 나왔다. 양인수와 진진의 모습을 지켜보고 있던 제갈미령과 마상필은 그간 진진이 보여 준 성격이 어디서 만들어진 건지 알았다. 양인수의 언행 속에 간간이 진진의 모습이 보였기 때문이다.

'콩 심은 데 콩 나고, 팥 심은 데 팥 난다더니. 옛말 틀린 게 하나도 없네.'

마상필은 내심 웃음이 나왔지만 내색하지는 않았다. 씩씩대는 진진의 화풀이 대상이 되고 싶지는 않았기 때문이다.

"진진아."

"왜요."

"사고 좀 그만 치고, 조용히 좀 다녀라."

"내가 무슨……."

"내가 언제나 지켜보고 있다는 것 잊지 말고."

진진은 양인수의 말투에서 또 사라지려 한다는 것을 느꼈다.

"사부, 도대체 왜……."

진진은 아예 같이 다니든지, 아니면 무관으로 돌아가든지 할 것이지, 왜 주변을 맴도는 거냐며 따지려 했지만 양인수가 한발 빨랐다.

"그럼 다음에 또 보자."

"사부!"

"처자들, 다음에 또 보세나."

"아, 네."

"또 가시게요?"

팽하리와 제갈미령이 급히 자리에서 일어났지만, 그날 산속에서처럼 양인수는 순식간에 모습을 감추었다.

진진은 두 눈 멀쩡히 뜨고도 사부를 잡지 못하자 은근히 놀라는 마음이 되었다. 자신이 알기로 사부의 실력은 기껏해야 일류다. 그런데 초절정(남들이 그렇게 말하니 그쯤 된다고 생각했다.)에 오른 자신의 눈으로도 사부를 좇을 수가 없었다.

"정신이 하나도 없네."

마상필의 말에 아부도 고개를 끄덕였다. 뭔가 후다닥 달려와서 밥상을 엎어 버리고 후다닥 사라져 버린 느낌이었다.

"진 대협."

"아까부터 이야기하려 했는데, 그 대협이라는 말 안 하면 안 되나?"

진진은 마상필의 호칭에 어딘지 근질거리는 느낌이 들었다.

"그럼 뭐라고……."

"그냥… 음."

자신보다 나이 많은 사람에게 형 소리를 듣기도 뭐하고, 그렇다고 자신의 나이가 있는데 소협이라고 불리기도 이상했다. 하지만 여태껏 하대를 했는데 이제 와 자신이 말을 올리기도 이상했다.

"대협이 낫죠?"

마상필은 진진이 적당한 호칭을 내놓지 못하자 씩 웃어 보였다.

"사부님 함자가 어찌 되는지 알 수 있겠습니까?"

"사부 이름은 뭐하게?"

"그게, 저희 사부님과 아시는 사이 같은데 저는 저분을 본 적이 없어서."

"색마 사부가 누군데?"

"험험! 진 대협, 소저들도 있는데 색마는 좀……."

마상필이 아무리 그래도 여자들 앞에서 색마는 너무한다며 떨떠름한 표정을 지었다. 하지만 팽하리와 제갈미령은 그게 무슨 문제냐는 듯 진진의 편을 들었다.

"백면호리가 색마라는 건 이미 다 아는 사실 아닌가요?"

"내 말이."

"그건 정파 놈들이 자기들 맘대로 가져다 붙인 거요! 나는 단 한 번도 원하지 않는 여인은 취한 적도, 강제한 적도 없단 말이오!"

마상필이 목에 핏대까지 세우며 항변했다.

"알았으니까 그쯤 해. 호칭은 고민해 볼 테니까. 그리고 사부 이름은 양인수야."

"양인수라… 양인수……. 어어?"

진진의 사부의 이름을 곰곰이 생각해 보던 마상필이 기억나는 게 있는지 진진을 바라봤다.

"왜?"

"낭인계의 이단아!"

"뭐?"

진진은 그게 무슨 소리냐는 듯 마상필을 바라봤다.

"하! 그랬구나. 그래서 사부와 알고 있었구나."

마상필은 이제야 이해가 된다는 듯 고개를 끄덕였다.

"혼자만 알지 말고 말을 해 봐. 무슨 소리야?"

"아니, 제자라면서 그런 것도 모릅니까?"

마상필은 어떻게 제자나 되면서 사부에 대해 아는 게 없냐는 표정을 지었다.

"내가 아는 사부는… 그냥… 아무튼 좀 그래. 그냥 네가 이야기해 봐."

진진이 뭔가 이야기를 하려다 말자 다들 궁금한 얼굴이 되었다.

"낭인계의 이단아라고 불린 거, 그거나 이야기해 보라고."

"워낙 유명한 분인데 소저들은 모르십니까?"

마상필의 말에 팽하리와 제갈미령은 고개를 저었다. 자신들이 무림인이긴 하지만 낭인들 사이에 있는 일까지 알 만큼 연륜이 길지 않았기 때문이다.

"하긴 낭인들은 사람 취급 하지 않는 분들이니."

마상필의 말에 두 여자가 발끈한 표정이 됐다.

"사람 취급을 안 하다니요!"

"말이 심하네요."

평소 같으면 그런가 하고 말았겠지만 지금 이야기하는 것은 진진의 사부에 대한 것이다. 당연히 민감할 수밖에 없었다.

"보통 낭인들의 수준이란 게 다들 고만고만합니다. 사연이 있어 실력 있는 무림인이 낭인이 되는 경우도 가끔 있긴 하지만, 대부분은 그냥 칼 한 자루 차고 무작정 뛰어든 경우죠."

"그건 나도 알아. 사부 이야기를 해 봐."

"네. 아마 그분 별명이… 열공? 아무튼 그 비슷한… 어? 그러고 보니 진 대협이 열공무관 출신이라고 했네요?"

마상필은 진진 같은 고수가 무관 출신이라는 말을 믿지 않았다. 그런데 양인수를 만나고 보니 진짜 그럴 수도 있겠단 생각이 들었다.

"끙! 내가 아는 사부는 어디서 허접한 무공 하나 주워다가 평생토록 연구만 한 사람이야. 그리고 그 결과를 증명하기 위해 나를… 가르쳤고."

진진이 먼저 대충 이야기를 풀었다. 그러자 마상필이 신이 나서 이야기를 시작했다.

"그 어르신이 낭인들 사이에 유명해진 것은 정식으로 무공을 익히겠다고 돌아다니면서부터라고 들었습니다. 하지만 근골이 좋은 재목도 나이가 먹으면 배척하는 무림인들인데, 나이 많은 낭인에게 무공을 가르쳐 줄 문파나 세력은 하나도 없었죠. 그때 하도 두들겨 맞아서… 아, 이건 빼겠습니다. 아무튼 한이 맺혔다고 들었습니다."

"그건 나도 대충 알아."

진진은 사부 양인수가 술이 취할 때면 종종 하소연하던 걸 들은 적이 있었다.

"낭인들은 온갖 군상들이 모이는 곳이다 보니 다양한 잡기가 존재했는데, 그 어른이 어느 날부터인가 닥치는 대로 낭인들의 기술을 배우기 시작했다고 합니다. 우리 사부도 그쯤에 인연을 맺었을 겁니다. 사부 말로는 잠깐 방심했다가 밑천이 홀라당 털릴 뻔했다고 하던데, 우리 사부를 털어먹을 정도면 대단하다고 봐야겠죠."

"흠."

진진이 고개를 끄덕이며 집중하자 마상필이 다시 이야기를 풀어놨다.

"혹시 중원 삼대 신의를 아십니까?"

"모르는데."

진진이 그걸 알아야 하냐는 듯 심드렁하게 반응하자 마상필은 살짝 맥이 풀렸다.

"뭐, 아무튼 삼대 신의가 있는데, 그건 사람들이 잘 몰라서 하는 말입니다."

"그게 무슨 말이죠?"

팽하리가 자세히 이야기해 보라는 듯 마상필을 바라봤다.

"사실 진짜 의술의 고수는 낭인들 세상에 있으니 하는 말입니다. 중원 삼대 신의가 몽땅 몰려와도 그분에겐 비교가 되지 않을 겁니다."

"말도 안 돼요."

"아니요, 말이 되죠. 전설의 신의 화타의 의술을 이었으니 말입니다."

화타의 이름까지 들먹이자 팽하리는 더더욱 못 믿겠다는 표정이 됐다.

"뭐, 신의라 해 봤자 침놓고 약 먹이고 하는 게 다 아닙니까."

"그럼 그 숨은 의원은 화타처럼 생살을 째기라도 한다는 겁니까?"

"바로 그겁니다. 목숨만 달려 있다면, 팔다리만 잘 챙겨 오면 어지간하면 붙여 놓았죠."

"……."

"뭐, 문제가 전혀 없는 건 아니었지만."

팽하리가 놀라움에 입을 다물자 마상필이 부작용에 대해 말을 하려 했다. 하지만 그에 대한 설명은 조용히 이야기를 듣고 있던 진진이 했다.

"머리 뚜껑을 열어 놓지."

"어어! 그걸 어떻게?"

"아까 그 양반 말고 사부가 한 명 더 있었거든."

"설마……."

"그래. 마의 할아범도 내 사부다."

"……."

마상필은 할 말을 잃었다는 듯 멍하니 진진을 바라봤다. 낭인계의 이단아와 화타의 화신이라던 마의가 사부라니.

"그래서 성격이 그렇게 화통하셨군요! 하하하하!"

마상필은 잔뜩 불안한 눈빛으로 어색하게 웃음을 터트렸다. 마의의 실력이 천외천이라는 것은 잘 알고 있지만, 그에게 치료를 받고자 하는 이들은 대부분 될 대로 되라는 심정에 있는 사람들뿐이었다. 말 그대로 평생 병신이 될 상황이거나, 목숨이 걸리지 않은 이상 마의에게 몸을 맡기는 사람은 없었다는 말이다.

상처를 치료해 주기는 하지만 정신을 잃었다 깨어나 보면 어김없이 머리 뚜껑이 열렸다 닫혀 있는데 미치고 환장할 일이었다. 그나마 제정신으로 깨어나면 다행이지만, 종종 심심치 않게 정신이 나가는 자들도 있었기에 신의라 불릴 수 있는 실력을 지니고 있음에도 결국 마의란 이름을 얻은 것이다.

그런데 그 의술을 물려받은 사람이 눈앞에 있다니. 이거야 원, 언제 배알이 꼴려서 머리 뚜껑을 열지 모르니 자신도 모르게 긴장이 된 것이다. 좀 전에 보니 양인수의 성격을 일부 빼 닮은 것 같았는데, 나머지 부분은 마의를 닮지 말라는 법도 없지 않은가 말이다.

"계속해 봐."

"대충 그렇습니다. 저도 이야기로만 전해 들어서……."

마상필은 자세히 아는 바는 없다며 말꼬리를 흐렸다.

'그런데 그 어르신 무위는 이류 턱걸이라고 들었는데 이게 어떻게 된 일이지?'

마상필은 자신이 들었던 양인수의 실력과 오늘 확인한 실력이 하늘과 땅 차이를 보이자 고개를 갸웃거렸다.

'고민하면 내가 뭘 아나. 기연이 있었나 보지. 그나저나 열공 그 양반과 마의 그 양반의 공동 제자가 존재하다니, 이 사실을 낭인들이 알면 난리가 나겠구나.'

양인수가 비록 이단아 취급을 받긴 했지만 하류를 벗어나지 못하는 낭인들에겐 낭만이 넘치는 사람이었고, 마의가 비록 뚜껑을 열어 대긴 했지만 철전도 없어 빌빌거리던 낭인들에겐 최후의 보루이자 생명줄이었다. 말들은 구시렁거려도 낭인들 사이에선 존경받던 두 사람이었다.

'결국엔 두 양반이 힘을 합쳐 해냈다는 말이네. 저렇게 괴물을 키워 낸 것을 보면.'

양인수와 마의 외에도 낭인 세계의 고수로 불리던 십 인이 더 참여했지만, 마상필이 그 부분까지 알 수는 없었다. 그저 낭만 낭인으로 불리던 열공 양인수와 화타의 환생이라 불리던 마의의 공동 제자라는 것만으로도 놀라울 뿐이었다.

"쳇."

진진은 자신이 모르는 뭔가가 더 있나 싶었는데 뻔한 형태로 이야기가 마무리되자 시큰둥한 표정이 되었다. 그리고 바람처럼 왔다가 얼굴 한 번 비치고 다시 사라져 버린 사부 때문에 기분이 울적해졌다. 이러쿵저러쿵해도 사부는 사부였다.

 적적한 기분에 술잔을 비우던 진진에게 드디어 기다리던 이들이 모습을 나타냈다. 팽만해와 당하지가 객잔에 찾아온 것이다.

✠ ✠ ✠

"표식이라도 있는 건가요?"

 언청희는 멈춤 없이 길을 찾아가는 팽만해를 보며 신기해했다.

"팽가 사람들은 그들 가족만 알 수 있는 향을 품고 있다고 들었습니다."

 언청희의 궁금증은 당하지가 풀어 주었다.

"알고 있었군."

"당가는 독이 발달한 만큼 여러 가지 약학에도 정통해 있습니다."

"당가라면 그렇겠지."

 팽만해가 인정한다는 듯 고개를 끄덕였다.

"그나저나 진진이 답을 알고 있다고 해도 순순히 답을 해줄 것 같지는 않은데 말입니다."

 당하지는 따로 생각해 둔 게 있냐는 듯 팽만해를 바라봤다. 그러나 그 질문엔 팽만해가 아닌 언청희가 답을 했다.

"그 오라버니, 돈을 밝히던데요?"
"돈? 은자를 요구할 거라는 의미냐?"
당하지의 말에 언청희는 고개를 저었다.
"설마요."
"하지만 방금 돈을 밝힌다고 하지 않았느냐."
"은자로는 턱도 없다는 말이죠. 이번에도 금자를 상당히 내놓아야 할 거예요."
언청희의 말에 팽만해와 당하지의 얼굴이 굳어졌다.
사실 아무리 돈을 가벼이 여기는 무림인이라 해도 금자 서른 냥은 큰돈이었다. 솔직히 비무를 통해 승리하면 모두 회수할 수 있다고 생각했기에 내놓은 돈이었다. 그런데 회수는커녕 더 털리게 생겼다는 말에 두 사람의 표정이 굳어진 것이다.
이번 행사를 위해 챙겨 온 돈은 이미 다 써 버린 상태인데, 또 금자를 요구한다면 난감한 입장이 될 것이다.
"팽 형님, 진진이 돈을 요구하면 어떻게 하시렵니까?"
"방법을 찾아봐야지. 진 형이 막무가내로 나올 거라곤 생각지 않으니까."
"과연 그럴까요?"
당하지가 기대도 하지 말라는 듯 말했다. 그러자 언청희가 자신의 생각을 이야기했다.
"저도 막무가내로 나올 거라곤 생각지 않아요."

"왜 그렇게 생각하느냐?"

팽만해가 궁금한 표정을 짓자 언청희가 배시시 웃어 보였다.

"등장 밑 운운하며 암시를 준 것은 아마도 우리보고 찾아오라는 의미로 던진 말일 거예요."

"흠."

"굳이 돈이 목적이라면 이미 원하는 바를 이야기하지 않았겠어요?"

언청희의 말에 그것도 일리가 있다는 듯 고개를 끄덕였다.

"일단 만나 보면 알겠지. 거의 다 온 것 같으니."

팽만해가 객잔 하나를 올려다보며 걸음을 멈췄다.

"제가 앞장을 서죠."

당하지가 성큼 객잔 안으로 걸음을 옮기자 두 사람도 뒤를 따라 안으로 들어갔다.

"저쪽에 있군요."

당하지는 객잔에 들어서자 곧바로 진진 일행을 발견했다. 마치 우리 여기 있으니 헤매지 말라는 듯 잘 보이는 곳에 자리를 잡고 있었다.

당하지와 팽만해를 발견한 사람은 마상필의 이야기에 별 관심이 없던 아부다.

"주인, 또 왔다. 싸운다."

아부의 말에 자리에 있던 이들의 시선이 입구 쪽으로 향했다.

"이야! 진 대협 말대로 진짜 찾아왔네요."

마상필이 재미있다는 듯 웃음을 보이자 팽하리와 제갈미령이 무슨 뜻이냐는 듯 진진을 바라봤다. 하지만 딱히 설명해 줄 진진이 아니다.

"이쪽이다."

진진은 당하지에게 손을 들어 보였다. 당하지는 태연한 얼굴로 자신에게 손짓하는 진진을 보며 정말 이해하기 힘든 인간이라는 생각이 들었다. 방금 전까지 싸우던 사람인데 긴장 정도는 해 줘야 자신도 체면이 살지 않겠는가. 인질로 잡혀 있다가 귀찮은 짐짝 내던지듯 풀려난 당하지는 여전히 자존심에 상처를 입은 상태였다.

"흥!"

당하지가 콧방귀를 뀌며 진진 쪽으로 걸음을 옮겼다.

"당신과 당하지는 올 수도 있다고 생각했지만, 꼬맹이는 의외로군."

진진은 실룩거리는 얼굴로 자신을 외면하고 있는 당하지와 팽만해를 바라보며 입을 열었다.

"꼬맹이가 아니라 언청희랍니다."

보통은 다 큰 여자에게 꼬맹이라는 말을 쓰면 발끈하기 마련이다. 그런데 언청희는 아랑곳하지 않고 자신을 소개했다. 진진은 그녀의 반응에 웃음을 보였다.

"이제 보니 언 소저였군요."

"오라버니께 인사드립니다. 언씨세가의 금지옥엽이자 후기지수들 중에 가장 똑똑하고 귀여우면서 총명한 여인, 언청희입니다."

진진이 언청희에게 소저라는 호칭을 붙이자 언청희는 다시 한 번 자신을 소개했다. 그런데 그 소개라는 게 톡톡 튀면서도 재미가 있었다.

"총명한 소저가 함께 왔으니 거래가 만만치 않겠군요."

진진의 말에 언청희는 그렇지 않다는 듯 고개를 저었다.

"오라버니는 아쉬울 게 없으니 힘든 것은 우리 쪽이죠."

언청희는 그럴 리가 있겠냐며 배시시 웃음을 보였다. 진진은 짧은 대화였지만 처음으로 사람을 만나 유쾌한 기분이 들었다.

"생각보다 사람 수가 많으니 자리를 옮겨야겠습니다."

진진의 말에 팽만해가 점소이를 불렀다.

"우리가 함께 앉을 수 있는 자리를 마련해 주거라."

"네, 대협. 잠시만 기다려 주십시오."

피칠갑하고 나타나 분위기를 싸하게 만들었던 무림인들에게 또다시 무림인 일행이 늘어나자 점소이는 조마조마한 마음이 더 커졌다.

"안쪽 별채로 자리를 옮기시는 건 어떻겠습니까?"

점소이는 싸움이 난다 해도 객잔 안 손님들에게 문제가 생기지 않도록 이들을 격리 수용하기로 마음먹었다. 거기다 비어 있는 별채를 내놓으면 그만큼 수익이 올라가니 일거양득의 수다.

"그것도 나쁘지 않군. 안내하거라."

"네. 이쪽으로."

 진진과 팽만해 일행은 점소이를 따라 안쪽으로 자리를 옮겼고, 가볍게 차가 준비되자 본격적으로 대화를 시작했다.

제13장

총명함과 무식함의 경계

 진진은 당하지가 협상에 나설 거라 생각했다. 그러나 그 예상을 깨고 일행 중 가장 나이가 어린 언청희가 협상자로 나섰다.
"우리가 왜 왔는지는 이미 알고 계시죠?"
"말하지 않은 것은 나도 모르죠."
"에이, 오라고 신호까지 주신 분이 그러면 안 되죠."
 언청희는 애교 어린 목소리로 '다 아시면서!'라는 눈빛을 날렸다.
"이거 어쩌나. 나는 무주의 맹시(다른 곳에 정신이 팔려 전반적인 상황을 살펴보지 못하는 것)라 콕 집어서 이야기를 해 주지 않으면 엉뚱한 생각에 빠지는 성격인데."

"쳇! 등잔 밑이 어둡다."

언청희는 이 정도면 되겠냐는 듯 진진을 바라봤다.

"응? 등장 밑이 어둡다는 건 다 아는 이야기 아닙니까? 그게 왜?"

"아, 진짜. 그냥 터놓고 이야기해요."

"터놓고 이야기를 해야 할 사람은 내가 아니라 언 소저 같습니다만."

언청희는 진진이 말을 돌리는 걸 좋아하지 않는 성격임을 알아차렸다.

"저기 색마 아저씨가 알려 준 선인루 가는 법이 문제가 좀 있더라구요."

"어떤 문제가 있을까요. 내가 거래한 것은 분명히 지켰는데 말입니다."

진진은 문제가 있든 길을 찾지 못하든, 그건 자신의 잘못이 아니라고 했다.

"하지만 오라버니는 좀 더 쉽게 가는 법을 알고 계시잖아요."

"아, 그러니까 선인루 가는 길을 좀 더 쉽게 알려 달라?"

"그렇죠. 등잔 밑이 어둡다고 했으니 아마도 선인루는 이 낙양에 있는 거겠죠?"

"내가 가 보지 않았으니 확신할 수는 없지만, 그 문장은 분명히 그렇게 말하고 있더군요."

진진은 고개를 끄덕였다.

"바로 그게 문제예요. 우리들 중 누구도 그 문장이 무엇을 의미하는지 알아내지 못했거든요."

"쯧쯧쯧! 그러게 몸만 쓰지 말고 공부 좀 하고 살지 그랬습니까. 이래서 무림인들이 무식하다는 소리를 듣는 겁니다."

"어머!"

진진이 대놓고 무림인들을 싸잡아 무식쟁이로 몰아붙이자 언청희는 놀란 표정을 지었다. 슬쩍 입까지 가리는 것이 아주 대놓고 연기를 했다.

"그런 말 함부로 하시면 큰일 나요."

"언 소저가 걱정하지 않아도 될 일이군요."

"힝! 저는 오라버니가 다치는 걸 보고 싶지 않다구요."

언청희가 애교 어린 목소리로 걱정을 하자, 옆에서 대화를 지켜보고 있던 팽하리와 제갈미령의 얼굴에 짜증이 일었다.

'저 여우 같은 게 지금 뭐 하는 거야?'

'협상을 한다고 하더니 무슨 짓이냐!'

평소에도 어린 나이를 앞세워 이것저것 양보를 받아 내던 언청희다. 하지만 그 와중에도 저런 식으로 애교를 피우거나 노골적으로 추파(?)를 던진 적은 없었다.

"청희야, 본래 목적에 집중하는 게 좋겠다."

결국 팽하리가 더 이상 참지 못하고 입을 열었다.
"언니."
"응?"
"그런데 언니는 왜 여길 온 거죠?"
"무슨 소리냐? 왜 여길 왔냐니."
"그렇잖아요. 저처럼 문장의 뜻을 알고자 온 것도 아니고, 팽 대형 말씀으로는 이럴 때를 대비해 먼저 보내 놨다고 했는데, 제가 와서 본 것은 그것과 무관해 보였거든요."
"지금 그게 무슨."
팽하리는 언청희의 적나라한 지적에 얼굴이 붉어졌다.
"언니는 먼저 달려와서 식사까지 해 놓고, 나보곤 이야기도 하지 말라니 그러는 거죠."
"……."
팽하리가 무슨 말을 해야 할지 모르겠다는 듯 언청희를 바라봤다. 한마디 던졌다가 열 배로 돌려받은 것이다.
"에헴! 아무튼 다시 이야기해 볼까요."
언청희는 팽하리를 벙어리로 만들어 놓고 진진을 바라봤다.
"언 소저는 아주 말씀을 잘하시는군요."
"설마요, 오라버니에 비할까요. 사람을 오라 가라 하면서도 무슨 일이냐는 듯 모르는 척하시는 분인데."
"하하하하!"

진진은 언청희의 말에 결국 큰 소리로 웃어 버리고 말았다. 말만 잘하는 게 아니라 확실히 사람을 즐겁게 만드는 재주가 있는 아이였다. 언청희 입장에선 '아이가 아니라 소저입니다.'라고 따질 수도 있었다. 여자 나이 열여덟 살이면 아이가 아닌 소저가 어울리는 호칭일 것이다. 하지만 진진에겐 무려 열 살이나 차이가 나는 '꼬맹이'로만 보였다. 어쩌면 그래서 더 귀엽게 보이는지도 몰랐다.

"양도부(兩都賦)도 이경부(二京賦)도 하지 못한 일이 무엇일까요?"

"답의 가격은 어찌 됩니까?"

"답의 가치에 따라 달라지지요."

"이미 가치는 나와 있습니다. 선인루로 직행하는 방법이니까요."

진진은 이제와 달리 가치를 매길 게 있냐는 듯 언청희를 바라봤다.

"하하, 그것도 그렇네요. 얼마면 될까요?"

"얼마를 주겠습니까?"

"음……."

언청희는 금액을 선정하기 어려운지 잠시 미간을 찡그렸다.

"오라버니가 알려 주신 답이 맞다는 생각이 들면 소원 하나를 들어 드릴게요."

"소원?"

진진은 언청희의 말에 '훔' 하는 표정을 지었다.

"언 소저에게 말입니까?"

"당연하죠. 제가 거래의 당사자니까요."

언청희의 말에 팽하리와 제갈미령은 '저런 여우 같은!'이라고 소리를 칠 뻔했다.

"별로 내키는 게 없군요. 거래는 없었던 것으로 하죠."

"안 돼요!"

진진이 거래 불통을 외치며 자리에서 일어나려고 하자 언청희가 금방이라도 울 듯이 매달렸다.

"나는 불확실한 보장보다 손안에 금전을 더 신용하는 사람입니다. 미인계를 생각했다면 실패라고 해 주고 싶군요."

"힝! 미인계 아닌데."

언청희는 그런 게 아니라며 칭얼댔지만 얼굴엔 아쉬움이 가득했다. 어쩌면 저 아쉬움조차 연극인지도 모르겠지만 말이다.

"저도 금전적 보상을 하고 싶어요. 하지만 이미 문장을 구입하는 데 가지고 있던 금자를 소진한 상태고, 그래서 당장은 어찌할 수가 없단 말이에요."

"그럼 돈을 구한 다음에 다시 오면 되겠군요."

"그럴 시간이 있다면 오라버니를 찾아왔겠어요?"

언청희는 서로 조금씩 양보를 하자며 졸랐다.

"오라버니도 시간이 지체되면 결국 가지고 있는 패가 무용지물이 될 수도 있잖아요. 그러니 우리 적당한 합의점을 찾아보기로 해요."

언청희의 말에도 일리는 있었다. 시간이 지나다 보면 문장에 들어 있는 내용을 파악하는 사람이 생겨날 것이고, 그렇게 되면 자신의 장사는 개시도 못해 보고 끝날 것이다.

"좋습니다. 다시 거래 조건을 내 보시죠."

"제가 오라버니에게 시집을 갈게요."

언청희의 말에 좌중은 잠시 침묵에 사로잡혔다.

"뭐?"

"무슨 소리냐."

"청희야, 지금 제정신으로 하는 말이냐!"

"어린 게 어디서 선수를 쳐!"

진진 일행을 제외한 나머지 사람들은 하나같이 언성을 높였다.

"왜들 그러세요? 제 나이면 이제 짝을 찾을 나이죠."

"그런 이야기가 아니지 않느냐."

팽만해가 장난은 이쯤 하면 됐다며 물러서라고 했다.

"장난 아닌데. 저는 어려서부터 생각했어요. 머리 좋고, 돈 잘 벌며, 남에게 손해 보지 않는 성격. 거기다 무공이 높고, 잘생기면 금상첨화. 덤으로 강호를 주유할 수 있는 배짱과 여유로움도 있으면 좋겠다고 생각했죠. 그리고 지금 그런 사람이 눈앞에 있어요. 바로 진진 오라버니죠."

언청희의 엄청난 조건에 다들 입을 쩍 벌리다, 그 조건에 부합되는 사람이 진진이라는 말에 '정말 그런가?' 하는 표정이 됐다. 그리고 곰곰이 생각해 보니 진짜 그 조건에 대부분 부합된다는 생각이 들었고, 더더욱 놀란 얼굴이 됐다.

"하, 하지만 그는 성격이 이상할 수도 있어."

팽하리가 힘겹게 입을 열었다.

"내가 겪어 본 바에 따르면 그는 여자라고 봐주는 사람이 아니야. 얼마 전엔 내가 말을 듣지 않는다고 팔다리를 부러뜨렸다고!"

제갈미령이 진진의 무식한 행위를 일러바쳤다.

"똑같은 사람인데 여자라고 봐주는 것도 이상한 거죠. 남녀평등 얼마나 좋아요. 저 역시 내 남자에게 도움이 되고 싶지, 짐 덩이는 사절이라구요. 어쩌면 사상까지 마음에 들까!"

언청희의 말에 팽하리가 다시 입을 열었다.

"성격이 이상한 건!"

"진진 오라버니."

"어?"

얼빠진 표정으로 멍 때리고 있던 진진이 언청희의 부름에 대답을 했다.

"오라버니 성격이 이상하다는데 그런가요?"

"내 성격?"

"네."

"정상은 아니라고 봐."

진진이 스스로 정상이 아니라고 하자 팽하리가 그것 보라고 했다.

"어머! 이 솔직함. 이거, 이거 어쩔 거야! 완전 좋아!"

"……."

"……."

또다시 예상치 못한 언청희의 외침에 별채 안은 두 번째 침묵에 들어갔다.

그때 마상필이 슬그머니 끼어들었다.

"언 소저."

"네, 색마 아저씨."

"끙! 일단 중요한 것은 진 대협이 언 소저를 받아 줘야 가능한 이야기 아니겠습니까?"

"세상에. 저처럼 똑똑하고 총명하며, 귀여우면서 부지런한 여자를 거부한다구요?"

"그, 그럴 수도 있다는 겁니다. 사람들은 취향이라는 게 있다 보니."

마상필은 수많은 여자를 만나 봤지만 언청희 같은 사람은 정말 처음이었다.

"흠, 취향을 따진다면 문제가 될 수도 있겠네요. 오라버니, 저 어때요?"

"……."

진진이 언청희의 질문에 답을 하지 않고 침묵을 지키자, 물어본 언청희나 결과를 기다리는 사람들 역시 진진만 바라봤다.

"거래 조건 불가!"

진진은 그따위 조건은 받아들일 수 없다며 단호하게 고개를 저었다.

"왜요!"

언청희가 따지듯 외쳤다.

"나는 사람을 사고파는 인간들이 싫어. 언 소저는 지금 나보고 내가 가장 싫어하는 일을 하라고 요청한 거야. 겨우 그따위 문장 해석에 인생을 걸다니. 언 소저는 내가 지금껏 만났던 사람들 중에 가장 총명하면서 가장 무식한 사람이군."

진진은 더 이상 존어를 쓰지 않고 편하게 말을 내렸다. 협상자 대우는 여기까지라는 뜻이다.

"아……."

언청희는 진진의 말에 진짜 감격한 얼굴이 되었다. 그리고 다시 입을 열었다.

"문장을 해석해 주시면 귀찮게 하지 않을게요."

"그래, 그게 좋겠어."

진진은 더 이상 이야기하고 싶지 않다는 듯 고개를 끄덕였다.

"진 대협, 지금 무슨 소리를 하시는 겁니까?"

마상필은 한몫 단단히 잡기로 해 놓고 이러면 안 되지 않느냐며 진진을 말렸다.

"당장 있지도 않은 돈 챙기기도 어려울 것 같고, 그렇다고 다른 조건을 이야기해 봤자 시간이 걸리는 것들뿐이야. 계속 버텨 봤자 언 소저의 억지는 끝도 없을 것 같고 말이지."

진진의 말에 마상필은 아쉬운 표정으로 물러섰다. 마음 같아선 팽만해 일행을 탈탈 털어 버리고 싶었지만, 진진이 저렇게까지 이야기할 땐 이유가 있다 생각한 것이다.

"반고(班固)나 장형(張衡)보다 낫다. 양도부(兩都賦)도 이경부(二京賦)도 하지 못한 일을 비서랑(秘書郎)이 했다란 말은 옛 고사에서 나온 말이야."

"옛 고사라면 어디쯤……."

언청희가 자세히 듣고 싶다고 했다.

춘추시대 진(晉)나라의 유명한 시인이던 좌사(左思)는 제나라 서울 임치(臨淄) 출신으로, 가난뱅이인 데다 교제하는 이도 별로 없고 생김새도 추했지만 문장 하나는 탁월했다. 그는 일 년간 고심하여 『제도부(齊都賦)』를 썼는데, 이것은 자기 출신지인 제나라 서울의 사물에 관한 내용의 작품이었다. 흡족한 그는 계속해서 『삼도부(三都賦)』를 쓰기로 작정했다. '삼도'란 삼국 시대의 위(魏)나라

총명함과 무식함의 경계 • 279

서울 업(鄴), 촉(蜀)나라 서울 성도(成都), 그리고 오나라 서울 건업(建業)을 뜻했다.

그가 작품 구상에 한창일 때, 누이가 갑자기 궁중으로 불려 올라가게 되었다. 그도 함께 서울인 낙양으로 이사했고, 뛰어난 문사가 기라성처럼 많은 중앙 무대의 분위기에 자극을 받았지만 집필 작업은 지지부진했다.

'내 공부가 부족한 탓이야!'

이렇게 절감한 좌사는 스스로 비서랑(秘書郞)이 되어 궁중에 보관되어 있는 각종 문헌을 읽어 학문적 시야를 넓혔다. 그런 각고의 노력 끝에 드디어 십 년 만에 『삼도부』를 완성했건만, 처음에는 작품의 진가를 알아주는 사람이 없었다. 그러던 어느 날, 사공(司空) 장화(張華)가 좌사의 집에 찾아왔다. 장화는 이런저런 이야기 끝에 말했다.

"참, 듣자니까 오래 공을 들인 작품을 최근에 완성했다지요?"

"그렇습니다."

"어디 내가 한번 봐도 괜찮겠소?"

"글쎄요, 변변찮은 작품이어서……."

좌사는 선뜻 내키지 않는데도 『삼도부』를 장화한테 보여 주었다. 중앙 문단에서 이름을 날리는 시인이기도 한 장화는 『삼도부』를 읽어 보고 격찬해 마지않았다.

"아니, 이런 훌륭한 작품을 가지고 무슨 당찮은 겸양이오. 내가 보기엔 반고(班固)나 장형(張衡)을 능가하고 있소이다."

반고와 장형은 한나라 때 사람으로서, 반고는 『양도부(兩都賦)』,

장형은 『이경부(二京賦)』라는 작품으로 유명한 대시인이었다. 그런 사람들의 작품을 뛰어넘었다는 장화의 극찬은 금방 화제가 되었고, 글을 읽는다는 사람들은 지식인 반열에서 뒤처지지 않기 위해 앞다투어 『삼도부』를 베껴다 읽었다. 그 바람에 '낙양 안의 종이가 갑자기 동이 나서 종이값이 폭등하는' 결과를 불러일으켰다.

"아! 그런 일이 있었군요. 이제 보니 오라버니는 학식도 풍부하네요?"

언청희는 전혀 예상치 못했다는 듯 진진의 학문에 대해 궁금해했다.

"아무튼 내가 아는 것은 이게 전부다."

"하지만 그 고사만으로는 여전히 선인루가 어디에 있는지 알 수가 없잖아요."

"쯧쯧쯧! 이래서 사람은 편식을 하면 안 돼. 어디서 병법서 같은 건 잔뜩 읽었는지 모르겠지만 응용력이 없어, 응용력이."

진진의 지적질에 언청희의 어깨가 처졌다. 진진의 말대로 병법과 진법, 그리고 사람을 상대하는 법 등은 배웠지만, 진진처럼 척 하면 척 하고 핵심을 파악하는 능력은 아직 부족했다.

"이 이야기의 골자는 누가 잘났다는 게 아니야. 그로 인해 벌어진 일이지."

총명함과 무식함의 경계 • 281

"종이값이 올랐다는 거요?"

"잘 알고 있네."

"그것과 선인루가… 아!"

언청희는 이제야 알았다는 듯 박수를 쳤다. 그러자 다른 이들은 어서 말해 보라며 언청희에게 집중이 됐다.

"낙양지귀(洛陽紙貴)."

"그렇지."

진진이 고개를 끄덕이자 언청희는 사람들에게 거꾸로 질문을 했다.

"낙양에서 가장 많은 종이를 파는 곳, 또는 책자를 만드는 곳을 찾아야 해요."

언청희의 말에 진진이 덧붙였다.

"책을 필사하며 먹고사는 이들도 찾아보면 있을 거야. 고사에선 베껴 쓰다가 종이가 동났다고 했으니까."

"그것도 잊으면 안 되겠네요."

"이제 다 알았으면 가 봐. 언 소저 때문에 정신이 하나도 없으니까."

"헤헤! 싫은데요."

"무슨 소리야. 귀찮게 하지 않는 대가로 알려 준 건데."

"귀찮게 하지는 않을게요. 하지만 전 이곳에 있어야겠어요."

언청희의 말에 팽만해가 앞으로 나섰다. 언청희와 진진

의 대화에 꿀 먹은 벙어리로 있다가 이제야 자신의 자리를 찾은 팽만해다.

"너는 선인루에 가지 않겠다는 것이냐?"

팽만해의 질문에 언청희는 오히려 진진에게 되물었다.

"오라버니는 어때요?"

"내가 왜? 난 귀찮은 게 싫다니까."

"네, 저도 그래요."

"뭐?"

진진은 뭐 이런 여자가 다 있나 싶어 언청희를 어이없는 눈으로 바라봤다. 그간 다른 사람들이 자신을 그렇게 봤다는 것은 까맣게 모르는 눈치다.

"팽 대형, 어서 가세요. 선인루를 찾으려면 부지런해야죠."

"하지만……."

"아까부터 궁금했는데요, 왜 하리 언니와 미령 언니는 그냥 두면서 저만 데려가려는 거죠?"

"……."

"데려가려면 언니들을 데려가세요."

언청희의 말에 팽하리와 제갈미령이 발끈한 표정으로 입을 열었다.

"오라버니, 가세요. 여긴 제가 알아서 할게요."

"그래요. 청희는 우리들이 알아서 할게요."

세 여자 모두 이곳에 남겠다고 하자 팽만해와 당하지는 더 이상 말을 꺼내지 못했다.

"좋다. 하지만 선인루를 찾으면 바로 연통할 테니 그땐 돌아와야 한다."

"네."

팽하리가 고개를 끄덕이자 팽만해는 어쩔 수 없다는 듯 몸을 돌렸다.

당하지는 몸을 돌리기 전에 뭔가 할 말이 남아 있는 듯 한동안 진진을 바라봤지만, 결국 입을 다물고 팽만해를 따라나섰다.

제14장

가고 오는 게 쉬운 게 없더라

 진진은 어떤 식이던 거래가 마무리되면 바로 낙양을 떠나 북경으로 갈 생각이었다. 물론 색마와 거머리는 이곳에 떨굴 계획이었다. 그런데 예기치 못한 혹 덩이가 무려 셋이나 늘어나자 난감한 상황이 되었다. 다섯 사람의 눈을 속이고 슬쩍 자리를 뜨기가 어려워진 것이다. 특히 새롭게 합류한 언청희는 생존형 노예 자청자 아부 이상의 거머리가 되어 진진의 일거수일투족을 살피고 따라다녔다.
"언 소저."
"네, 오라버니."
"그만 좀 따라다니지. 목적은 충분히 달성했지 않나?"
"네, 목적은 달성했어요."

"그런데 왜?"

"전에 객잔에서 미령 언니 편을 들었잖아요."

"내가? 언제?"

"에이, 여자애가 웃을 수도 있다는 둥 하면서 편들어 줬잖아요."

"그게 편들어 준 건가? 동생의 동생이니까 잠시 도와준 거지."

"아무튼요."

"그런데 그게 왜?"

진진은 갑자기 그 이야기가 왜 나오느냐는 듯 언청희를 바라봤다.

"그때 알았죠."

"무슨 소린지 모르겠군."

"좀 거칠어 보이긴 하지만 이 사람은 여자에 약하다."

"헐……."

진진은 왜 그런 결론을 내렸는지 모르겠다고 했다. 그러나 언청희는 그에 덧붙여 다른 이야기를 꺼냈다.

"거기다 목숨이 위험할 정도로 위협을 받았는데 몇몇 다쳤을 뿐이지, 목숨을 잃은 사람도 없었어요."

"피 봐서 좋은 게 뭐라고."

"하나 더 있는데."

"또 뭐?"

"분명히 자신을 궁지에 몰아넣은 사람인데 약속 운운하더니 끝까지 책임을 지시더라구요."

"누구? 마상필?"

진진의 말에 언청희는 다시 말을 이었다.

"그래서 생각했죠. 아, 이 사람은 은원을 맺는 데 굉장히 인색하구나. 은원이 생겼어도 어떻게든 풀고자 노력하거나 그게 안 되면 줄행랑치고도 남을 사람이구나. 번거로운 것은 싫어하지만 복잡한 상황을 단순하게 만드는 재주가 있구나 등등의 것을 알게 됐죠."

"……."

진진은 쉴 새 없이 조잘거리는 언청희를 보며 다시 한 번 '이 녀석 도대체 정체가 뭐지?' 하는 생각이 들었다.

그 짧은 순간에 뭔가를 파악하고 정리를 하는 게 쉽지 않은 법이다. 그런데 그것을 넘어 자신의 성향까지 나름대로 분석한 것이다.

"응용력이 부족하다고 한 것 취소다."

"아니요, 응용력은 확실히 부족해요. 그저 나열된 정보를 정리하고 분석하는 재주가 좀 있을 뿐이죠."

언청희는 진진의 칭찬(?)이 부끄러운지 몸을 배배 꼬았다.

"허, 이것 참."

팽하리나 제갈미령이 이랬다면 당장에 짜증을 냈을 것이다. 그런데 묘하게 언청희가 하는 행동들은 그럭저럭 참고

가고 오는 게 쉬운 게 없더라 • 289

봐줄 만했다. 단순히 나이가 어려서 그렇게 봐주는 건 아닌 것 같은데, 아직 정확한 이유나 원인은 찾지 못한 상태다.

조금 소란스럽게 수다는 떨지만 유쾌함으로 부족한 부분을 채운다고나 할까. 사실 조금은 재미있기도 했다. 언청희와 대화를 나누다 보면 웃음이 나왔기 때문이다.

사람과 사람 사이에서 웃고 산다는 게 인색했던 진진이다. 어쩌면 색다른 경험을 하고 있다는 것 자체가 재미있는지도 몰랐다.

아무튼 언청희를 떼어 내지 못하면 낙양을 떠나는 게 힘들다는 건 확실했다. 아니, 떠나는 건 문제가 아닌데 여전히 혹이 달릴 가능성이 높다는 게 정확했다.

"그래서 나에게 시집을 오니 마니 하면서 협박을 하면 내가 기권을 할 거라 생각했다 이거군."

"헤헤헤! 조금은요. 사실 크게 기대는 하지 않았지만."

"그래. 사나이 진진이 세상에 나와 처음으로 깨끗이 졌다."

"우와! 그럼 지금까지 한 번도 진 적이 없어요?"

"사실 지고 이기는 것을 따질 정도로 싸워 본 적이 없다는 게 정확하겠지."

"에계, 그게 뭐야."

언청희는 실망이라는 듯 혀를 쏙 내밀었다.

"여하튼 네 말대로 나는 귀찮은 걸 싫어하는 사람이다. 그런데 네가 이렇게 나를 달달 볶으니 어쩌면 좋겠냐?"

"솔직히 말씀하세요."

"뭘?"

"색마 아저씨랑 갈면(褐面:갈색 얼굴) 아저씨 버리고 떠나려고 했죠?"

"흠."

진진은 언청희의 질문에 딱히 대답을 하지 않았다.

"역시 그랬군요. 어쩐지 너무 쉽게 답을 주신다 했어요."

"왜 그렇게 생각하는데."

"아무리 귀찮아도 그렇지. 어지간한 조건은 수용을 했을 텐데… 아, 물론 그건 오라버니가 고수라서 어쩔 수 없이 응한다는 게 정확해요. 비리비리했으면 당하지가 벌써 오라버니를 쓱싹! 해 버렸겠죠."

"여자가 쓱싹이 뭐냐? 그리고 왜 당하지는 이름을 부르는데?"

"그 사람이 오라버니를 이놈 저놈 하잖아요."

"쯧! 그거야 당하지 입장에선 그럴 수도 있지. 사람이 자꾸 당하다 보면 속이 상하는 법이니까. 흠, 역시 이름 때문인가?"

"네? 이름 때문이라뇨?"

"당하지 말이야. 매번 나에게 당하고 있잖아. 그래서 당하지인가 하고."

"픕! 말도 안 돼."

진진의 말장난에 언청희가 웃음을 터트렸다.

가고 오는 게 쉬운 게 없더라 • 291

"아무튼 아무리 그래도 너희들은 같은 세력에 속한 사람들이다. 괜히 당가와 척지지 말고 어른 대접해 줘."

"네. 오라버니가 원하시면 그렇게 할게요."

"내가 원하는 게 아니라, 그게 좋겠다는 거지."

"네. 제 말이 그 말이에요."

"에유! 내가 무슨 말을 하겠냐."

진진은 이번에도 자신이 졌다는 듯 손을 저었다.

"아무튼 잘만 하면 이것저것 뜯어 낼 수 있는데 대충대충 끝내시더라구요. 그렇다고 선인루에 관심이 있는 것도 아니고. 그래서 생각해 봤죠. 진진 오라버니는 왜 이쯤에서 물러서는 걸까."

"별걸 다 생각하고 사네."

"그랬더니 답이 나오더라구요. 색마 아저씨야 낙양에 와서 알게 됐지만 같이 있어 봐야 좋은 소리 못 들을 사람이고, 갈면 아저씨는 자기 맘대로 따라다니며 문제를 일으키고 있으니 골치가 아프겠다 싶었죠."

"똑똑하네."

"저라도 그런 상황이라면 한몫 챙겨서 튀고 싶었을 거예요. 그런데 아무리 큰돈이 되어도 시간이 오래 걸린다면 다시 문제에 휘말릴 가능성이 있죠. 세가에서도 큰돈을 써야 한다면 아예 무력을 동원할 수도 있는 일이고."

"그래. 그리고 끝없이 쫓기거나 끝없이 싸워야겠지."

언청희는 진진의 목소리에 피곤함이 느껴졌다. 세상에 나온 지 얼마 되지도 않았다는데 벌써 지친 것일까 하는 생각도 들었다.
 "청희야."
 "네."
 "좀 도와줄래?"
 진진이 도움을 청하자 언청희의 눈이 반짝거렸다.
 "어떤 건데요?"
 "부탁이니 좀 가 주라."
 "……."
 "내가 세상에 나온 것은 숙부님의 묘지를 가 봐야 해서다. 이러다간 제사상도 못 차리게 생겼어."
 "숙부가 있었어요?"
 "……."
 대충 사정 이야기를 하면 '그런 일이 있었군요.' 하고 고개를 끄덕일 줄 알았는데, 얼씨구나 하고 호적 조사를 들어왔다. 진진은 자신도 모르게 한숨이 터져 나왔다.
 '밤에 떠나자. 더 이상은 안 되겠어. 받아 주는 것도 한두 번이지.'
 진진이 아무 말 없이 허공만 바라보자 언청희의 눈이 게슴츠레해졌다.
 '밤에 떠날 가능성이 높겠지? 언니들 모르게 짐을 챙겨

놔야겠어.'

뒤통수가 근질거린 진진이 언청희에게 고개를 돌렸다.

"헤헤."

"웃기는. 들어가자. 오늘쯤이면 팽만해에게 연통이 올 것 같은데 준비들 해야지."

"네."

언청희는 해맑게 웃으며 대답을 했지만, 그건 선인루가 아닌 진진과의 동행을 위해 준비를 한다는 뜻이었다. 아마 진진도 야반도주를 준비한다는 뜻일 것이다. 자신이라면 결국 그 방법을 택할 것이고, 시점상 선인루에 관련해 움직임이 있기 전날에 실행에 옮길 가능성이 높았다. 다른 이들의 시선이나 생각이 선인루로 몰려 있을 때가 움직이기 편하기 때문이다.

언청희는 진진과 함께 있으면 이상하게도 힘이 났다. 다른 사람들에겐 느껴 보지 못한 기분이 자꾸만 가슴을 뛰게 만들었다.

'처음엔 그냥 어떤 사람인지 궁금했을 뿐이었는데.'

언청희는 이러다 진짜 진진에게 시집가고 싶어지면 어떻게 해야 할지 걱정이 됐다. 아무리 진진이 대단하다고 해도 그는 이름 없는 무관 출신의 혈혈단신이다. 무림에 자리를 잡고 영향력을 행사하는 세가들은 결혼도 하나의 정책이었다. 자신이 좋다고, 상대의 능력이 뛰어나다고 무조건 맺어질 수 있는 게 아니란 뜻이다.

'데릴사위는 안 되려나?'

언청희는 내심 그러면 좋겠다 싶었지만, 진진의 성격으로 보아 데릴사위는커녕 자신이 좋다고 해도 받아 줄지 의문이었다. 언청희는 시간을 두고 연구를 하기로 마음먹었다. 자신의 마음이 어디로 향하든, 그 결과에 책임을 지려면 준비를 철저히 해야 그나마 문제가 생기지 않을 것이다.

'하리 언니는 별로 걱정이 안 되는데, 미령 언니가 신경이 쓰인단 말이야.'

팽하리야 단순 호기심 정도지만, 제갈미령은 그 이상의 미묘한 감정이 얽혀 있었다. 두 사람 사이에 어떤 일이 있었는지는 모르겠지만 언청희 입장에선 달갑지 않은 현상이었다.

'남이 하니까 나도 한다인가?'

사실 세 여자가 갑자기 동시에 관심을 가지고 접근할 이유는 없다고 봐야 했다. 그저 상황이 맞물리다 보니 그렇게 됐을 뿐이고, 그러다 보니 묘한 경쟁심이 발동되었을 뿐이다. 문제는 경쟁심이 언제 명확한 연정으로 발전할지는 아무도 알 수 없었다.

'만약 그런 일이 생긴다면 진진 오라버니는 진짜 피곤해질지도 모르겠네.'

남들 보기엔 여자가 여럿이면 좋지 않느냐고 한다. 자신의 아버지도 부인이 둘이나 되고 말이다. 하지만 그것도 그럴 만한 사람이 여러 여자를 얻고 거느리는 것이다. 진진 같은 성격은 집에 여자가 많으면 도망을 치고도 남을 사람이었다. 넉넉해 보이는 아버지도 어머니들 때문에 안절부절 못하는 것을 보면 확실히 쉽지 않은 일이다.

'결국 모두가 연정을 품는다 해도 선택은 한 명뿐이라는 점이지. 물론 진진 오라버니가 그 한 명마저 모르는 척할 경우도 따져 봐야겠지만.'

언청희는 산책을 끝내고 별채 안으로 들어가자 마상필을 찾아갔다.

"색마 아저씨."

"아이고, 언 소저 오셨어요?"

마상필은 매번 색마 색마 하는 호칭이 거슬리긴 했지만, 그 뒤에 붙는 아저씨란 단어가 마음에 들었다. 어딘지 모르게 호감 어린 느낌이랄까. 그래서 팽하리나 제갈미령과는 고만고만한 거리를 유지했지만 언청희와는 편하게 대화를 나누곤 했다.

"그래, 이번엔 뭐가 궁금해서 오셨습니까?"

"색마 아저씨에게 배울 게 뭐가 있겠어요?"

"오라, 남녀 관계에 또 궁금한 게 생겼나 보군요. 자, 이쪽으로."

마상필은 언청희를 질녀 대하듯 행동했다. 자신과 스무 살 정도 차이가 나니 딸이 있었다면 언청희 나이일 것이다.

'세상 어디엔가 뿌려 놓은 씨 중에 한둘은 딸이 있으려나?'

자신은 바람과 같아 한 여자에게 매일 수 없다 생각했는데, 언청희를 보고 있노라면 이런 딸이라면 가정을 꾸려 평범하게 사는 것도 나쁘지 않다는 생각이 들기도 했다. 색마 소리를 듣는 백면호리 마상필이 이런 생각을 한다는 걸 알게 되면 다들 놀라 자빠질 일이었다.

✠ ✠ ✠

 팽만해는 언청희와 진진이 알려 준 내용을 집중적으로 조사했다. 그리고 선인루이거나 그와 연관이 있을 것으로 보이는 장소 두 곳이 선정되었다. 한 곳은 낙양의 모든 종이가 모였다 흩어지는 대륙상단의 지업사(紙業社)였고, 다른 한 곳은 인쇄가 아닌 필사를 전문으로 하는 서점이었다.
 "어느 곳을 먼저 조사하면 좋겠나?"
 팽만해가 고민스러운 표정을 짓자 당하지가 지업사를 먼저 가 보는 게 어떻겠냐고 했다.
 나름대로 조사를 해 본 결과, 진진이 말한 그 고사는 결국 종이를 너무 많이 쓰는 바람에 종이값이 올랐고, 그래서 종이가 귀해졌다는 게 핵심이었다. 그렇다면 필사를 하는 곳보다 종이를 관리하고 배포하는 곳이 선인루에 더 가까울 것이다.
 물론 초절정고수들에게 초대장을 보내고, 화경에 이르는 길을 제시한다는 선인루가 기껏 지업사일 리는 없다. 그곳이 선인루로 가는 경유지거나, 대륙 전역에 초대장을 보내는 일종의 창구일 수도 있었다. 아무래도 종이를 판매하는 곳이니 초대장을 만들고 보내는 것도 적절할 수 있다는 생각이 든 것이다.

"아직까지는 모든 게 그저 추론에 불과합니다. 정확한 것은 눈으로 확인을 해야 알 수 있겠죠."

남궁상의 말에 모두가 고개를 끄덕였다.

"이곳이 선인루와 관계가 있다면 보이는 것과 달리 접근이 쉽지 않을 수도 있습니다."

맹철한은 확인하는 것 역시 쉽지 않은 일이라고 했다. 그러자 당하지가 의견을 냈다.

"그곳을 선인루와 결부하면 부담스러운 장소가 되겠지만, 그저 종이를 구하러 간다 생각하면 못 갈 것도 없습니다. 세가에서 사용하는 종이가 어느 정도인지는 모르겠지만 다들 적지 않을 겁니다. 그것을 핑계 삼아 접근해 보도록 하죠."

"그게 좋겠군. 그런 방법을 사용한다면 한꺼번에 가는 것보다 몇 차례에 걸쳐 확인해 보는 방법을 쓰도록 하지. 그러면 운용할 수 있는 인원도 여유가 생기니, 필사를 전문으로 한다는 서점도 둘러볼 수 있을 테니까."

팽만해가 어떻게 움직일지 정리를 하자 각각 담당할 곳을 결정했다.

"진진에게도 연락을 하실 겁니까?"

당하지가 팽만해를 바라봤다.

"알려 줘도 관심이 없다니 움직이지 않을 거다. 하지만 하리와 제갈미령, 그리고 언청희는 움직여야겠지. 어찌 되었든 이번 행사에 공식적으로 참여를 한 상태니. 물론 움직이지 않는다면 우리가 선인루에서 무엇을 얻든 나눠 달라고 할 수 없을 것이고."

팽만해는 공사를 확실히 하겠다 했다. 당하지 역시 그 부분엔 이견이 없는지 순순히 고개를 끄덕였다.

"어디 있는지 알려 주시면 제가 연통을 넣고 오겠습니다."

두 사람의 대화를 듣고 있던 맹철한이 일어섰다.

"선문객잔이라는 곳이다. 별채에 묵고 있으니 찾는 건 어렵지 않을 게다."

팽만해가 진진이 있는 곳을 알려 주자 맹철한은 곧장 선문객잔으로 달려갔다.

"진지승과 남궁상은 만약의 사태에 대비해 이번 일에 참여한 세가에 지원을 요청해 놓거라."

"지금 연락을 넣는다 해도 지원이 도착하려면 시간이 필요할 겁니다."

"그래서 만약의 준비다."

"알겠습니다. 팽가와 당가도 저희가 연락을 보낼까요?"

"현재 상황과 선인루로 의심되는 장소, 그리고 우리가 어떻게 접근할지 모두 적어 보내면 될 거야."

팽만해의 지시에 남궁상과 진지승이 전서구를 이용하기 위해 자리를 비웠다.

"사람 마음이라는 게 참 어렵다는 생각이 드는군."

"저 녀석들 말입니까?"

남궁상과 진지승, 그리고 맹철한은 각각 제갈미령과 팽하리, 그리고 언청희에게 마음을 주고 있었다. 하지만 그들이 관심을 보이고 내색을 해도 세 여자는 별다른 반응을 보이지 않았다. 오히려 하늘에서 뚝 떨어진 것 같은 천둥벌거숭이 진진에게 관심을 보이니 다들 속이 바짝 타는 모양이었다.

"지승이가 팽 소저를 마음에 두고 있는 것 같던데. 형님 생각은 어떠십니까?"

"하리가 알아서 할 일이지."

"아시다시피 세가와 무림 문파 사이엔 오래전부터 연결 고리를 혼사로 만들어 왔습니다."

당하지는 팽만해가 진진에게 어떤 생각을 품고 있는지 알고 있다는 듯 정략에 대해 이야기했다.

"흠……"

"괜히 마음만 다칠 수가 있으니 형님께서 신경을 쓰시는 게 좋겠습니다."

"그건 내가 알아서 하지."

팽만해 자신도 가문과 가문 사이의 혼인을 했다. 물론 그렇다고 지금의 아내가 마음에 들지 않거나 불행하다고 생각해 본 적은 없다.

하지만 뭐랄까. 언제나 뭔가 부족한 느낌이 든다고 할까. 팽만해는 그것이 간절함에서 오는 것이라 생각했다. 필요에 의해 서로가 서로를 공감하고 이해하는 형태가 아닌, 그 이상의 만남을 바랐는지도 몰랐다.

자신은 후계자로서 무엇보다 가문을 우선으로 할 수밖에 없었지만, 동생에겐 선택권을 주고 싶었다.

'비록 그것이 마음의 상처로 남는다 해도 훗날 추억으로 간직할 수 있다면 나쁘지 않다.'

당하지의 말에 잠시 고민이 들기도 했지만 팽만해는 마음을 비워 버렸다. 그리고 솔직히 가진 건 없지만 능력은 출중한 사람이라면 가문에서 오히려 반길 수도 있고 말이다.

✠   ✠   ✠

진진은 사부의 기이한 행동을 이해해 보기 위해 나름 노력을 하는 중이다. 처음에 신분을 감추고 자신과 함께 다니려 했던 일이나, 차후 정체가 드러나고 나선 말 몇 마디 남겨 놓고 훌쩍 떠나 버린 일들이다. 그리고 그렇게 모습을 감췄던 사부가 어제 다시 모습을 드러냈다. 멀리서 찾아온 것도 아니고, 객잔에 나중에 들어온 것도 아니다.

'분명히 나보다 먼저 들어와 있었던 것 같은데.'

자신이 그 객잔에 들어간다는 보장은 없었다. 그런데도 사부는 당연하다는 듯 그곳에서 진진을 기다렸다. 그렇다면 떠난 듯 보이지만 꾸준히 자신을 살피고 따라다녔다는 뜻이 된다.

'하지만 신경을 써서 살펴도 흔적을 찾을 수가 없어.'

진진은 사부 생각만 하면 머리가 지끈거렸다. 물론 직접 만나도 두통이 사라지지는 않는다. 오히려 더 심해질 뿐.

'분명히 사부의 경지는 일류였다. 내가 정신을 잃고 있던 사이에 무슨 일이 있었던 걸까. 운이 좋아 벽을 깼다 해도 절정 정도가 한계여야 해. 그런데 어제 그 동작과 움직임은······.'

물론 자신이 무력에 비해 경공이 약한 점도 있다. 하지만 그렇다고 동체 시력마저 부실한 경공에 맞춰져 있는 건 아니다.

'철기방 주인이 초절정 경지라고 했다. 제갈진수는 내가 절정일 거라 했지만, 실제로 절정에 올라 보지 못한 그에겐 그 이상의 경지를 상상하기 어려웠을 것이다. 대외적인 나이도 문제가 됐을 것이고. 그런데 이번 일로 나 역시 초절정 무위와 비슷하다는 평가를 받았다.'

사부가 벽을 넘고 넘어 초절정에 올랐다 해도 자신과 비슷한 정도여야 했다. 그러나 어제 본 사부는 절대 자신의 아래가 아니었다.

'설마 화경? 에이, 말도 안 되지. 일 년 전까지 일류였던 사람이 무슨 수로 벽을 세 개나 깨. 그것도 깨달음을 받쳐 줄

내공도 없을 텐데. 설마… 나 없는 동안 어디 가서 천년삼이라도 캐 먹었을까?'

진진은 말도 안 되는 상상까지 동원해 사부의 경지를 고민했다. 분명히 자신이 모르는 뭔가가 있었을 것이고, 그로 인해 지금과 같은 힘을 가졌을 것이다.

'일류만 되어도 뻘뻘거리고 돌아다닐 수 있다던 사람이 나보다 더 윗줄에 있는데도 조심을 한다?'

진진은 뜬금없긴 하지만 혹시나 하는 생각도 해 봤다. 선인루라는 것에 대해선 이번에 처음 알았지만, 정말 초절정 고수들을 초청해 더 높은 경지로 이끌어 주는 자들이면 자신이나 사부에게도 접근을 할 게 분명했다.

'그런데 선인루는 왜 그런 짓을 하는 거지? 득이 될 게 없잖아.'

진진은 앞뒤가 맞지 않다는 생각을 했다.

"젠장! 왜 그러고 다니는지 속 시원하게 말이라도 해 주면 좀 좋아."

진진은 사부의 기이한 행동을 도저히 이해할 수가 없자 두통만 더 늘어 버렸다.

"오라버니."

"응?"

"들어가도 돼요?"

"그래, 들어와. 오지 말라고 해도 올 사람이 왜 묻고 그러실까."

진진은 언청희의 친절한 목소리에 오히려 투덜거렸다. 언청희는 진진의 방 안으로 쏙 들어오더니 의자를 당겨 진진 앞에 마주 보고 앉았다.

"무슨 일인데? 연통이라도 왔어?"

"헤헤! 귀신이네요."

"귀신은 무슨. 올 때가 됐으니 물어본 거지. 그런데 연통이 왔다 해도 나와는 상관이 없잖아."

"그게요, 누가 좀 찾아왔거든요."

"누가?"

"맹철한이라고 하는데, 혹시 아세요?"

"당연히 알 리가 없지. 누군데?"

"북경맹가라고 들어 보셨어요?"

진진은 이번에도 고개를 저었다.

"생각보다 아는 게 없네요."

"무림에 대해서만."

"무림인이 무림에 대해서만 모른다니, 그 말을 어떻게 받아들여야 할지 고민스럽네요."

"모르는 건 모르는 거야."

"그거야 그렇지만, 무림인이 무림을 모르면 움직이는 게 불편하지 않겠어요?"

"아니, 난 할 일이 끝나면 집으로 돌아갈 거야. 가서 무위

자연할 테니 신경 꺼."

"쳇."

언청희는 꼭 그런 식으로 말을 하고 싶냐며 혀를 쏙 내밀었다.

"그런데 그 열공무관이라는 곳은 어디에 있는 거죠?"

"홋! 내가 그걸 왜 알려 줄 거라 생각하지? 유일하게 평안을 얻을 수 있는 장소인데."

"또 아나요. 나중에 놀러라도 갈지."

"제발 오지 마라."

진진은 상상도 하기 싫다는 듯 손을 내저었다.

"어쩌면 남자가 저렇게 멋없이 이야기할까."

"자꾸 헛소리할 거면 나가 주시지."

진진의 축객령에 언청희는 힝 소리를 내더니 찾아온 이유를 설명했다.

"그 맹철한이 무림세가이기는 한데, 좀 특이한 집안이거든요."

"어떻게?"

"사실 북경맹가는 무가가 아니라 문가에 가까워요."

"문가라면 학문을 닦아 출사하는 뭐 그런 거?"

"네."

"그런데 그게 맹철한이 찾아온 것과 무슨 상관인데?"

진진은 고개를 갸웃거렸다.

"오라버니에게 비무를 청했어요."
"비무?"
"네."
"싫다고 전해라."
진진은 받아 줄 수 없다며 고개를 돌려 버렸다.
"그러면 안 되는데."
"또 왜?"
"맹철한이 저에게 청혼을 했거든요."
"그래? 잘됐네. 이번 기회에 시집가서 조신하게 좀 살아라."
진진은 강 건너 불구경하듯 시큰둥했다.
"그런데 저는 아직 그럴 마음도 없고, 맹철한에게 이렇다 할 감정도 없다는 게 문제죠."
"너 설마?"
"네, 그 설마가 맞아요. 오라버니를 이기면 그에게 시집을 가고, 만약 패한다면 다시는 이야기를 꺼내지 않기로 했죠."
"그게 말이 돼? 이미 내가 싸우는 것을 봤을 텐데?"
미치지 않고서야 실력도 안 되는데 비무를 청할 리 없었다.
"당연하죠. 그래서 그가 청한 비무는 논검이에요."
"논검이 뭐냐?"
진진은 무식이 팍팍 흐르는 얼굴로 고개를 갸우뚱했다.
"아, 진짜! 논검도 몰라요?"
"알 게 뭐야. 밥 나오는 것도 아닌데."

"정말 졌다, 졌어!"

"그래. 패자는 이만 사라지거라. 훠이~!"

언청희는 참새라도 쫓는 농부처럼 자신을 밀어 내자 미간에 주름을 모았다.

"모르면 배워요. 세상에 무림인이 논검을 모른다는 게 말이 돼요?"

"몰라도 사는 데 지장이 없던데?"

"아무튼 나와요. 총명하고 귀엽고 발랄하며, 차후 아름다운 미모로 이름을 떨칠 언청희를 빼앗기기 싫으면."

"빼앗겨도 된다니까."

"콱 죽어 버릴 거야!"

언청희는 끝까지 네 인생 네가 알아서 하라는 진진의 태도에 토라져 버렸다.

"죽어도 네 팔자, 살아도 네 팔자~"

진진은 맘대로 하라며 침상에 누워 버렸다. 언청희는 더 이상 안 되겠다 싶었는지 결국 마지막 수단을 꺼내 들었다.

"도와주시면 야반도주 준비 중인 거 조용히 묻어 드릴게요."

"무, 무슨! 누가 야반도주를 한다고."

진진은 억측이라며 고개를 저었다.

"뭐, 그렇게 부인하고 싶으면 하세요. 색마 아저씨와 갈면 아저씨에게 친절히 설명해 놓을 테니."

"아, 진짜!"

진진은 벌떡 일어나더니 언청희의 어깨를 잡았다.

욱신.

언청희는 진진의 아귀힘에 어깨에 통증이 일었지만 도망갈 생각은 하지 못했다. 코가 닿을 듯 가깝게 붙은 진진의 숨소리에 온몸이 찌르르하며 힘이 빠졌다.

"너 정말 버릇없게 굴래?"

"……."

"나에게 왜 이러는 건데, 왜!"

"……."

진진은 언청희의 어깨를 잡고 몇 차례 흔들다가 급히 손을 놓았다. 언청희의 상태가 이상했기 때문이다. 진진이 어깨를 놓자 언청희는 마치 기절이라도 하는 사람처럼 쓰러졌다. 깜짝 놀란 진진이 급히 그녀를 안아 들었다.

"갑자기 왜 이래? 너 괜찮아?"

"오라버니……."

"어디가 아프기라도 한 거냐?"

"잠시만 이대로……."

"무슨 소리야!"

진진은 언청희를 침상에 뉘여 놓고 급히 맥을 짚었다.

"이건……."

진진은 크게 놀란 얼굴로 언청희를 바라봤다.

"너……."

"오라버니……."

"너……."

"오라버니……."

"멀쩡한데?"

"……."

심장이 평소보다 빨리 뛰긴 했지만 언청희의 진맥 결과는 아주, 굉장히 건강합니다였다.

별채 밖에서 진진이 나오기를 기다리고 있던 맹철한은 시간이 지나도 소식이 없자 살짝 애가 달았다.

열려진 문틈으로 맹철한을 바라보고 있던 팽하리가 제갈미령에게 눈짓을 했다. 맹철한이 왜 저러고 있냐는 뜻이다. 그러나 제갈미령도 들은 바가 없기에 고개를 저었다.

그때 자신의 방 쪽에서 걸어 나오던 마상필이 가볍게 혀를 찼다.

"뭔가 아는 게 있나요?"

"별게 있겠습니까? 그저 젊은 날의 열병이지."

"젊은 날의 열병이라면… 누굴?"

제갈미령이 팽하리를 바라봤다. 혹시 언니 때문이냐는 눈빛이다.

"설마."

팽하리는 그럴 리 없다는 듯 고개를 저었다.

"나도 아닐 테고, 그렇다면 남는 사람은 청희?"

"아마도 그런 것 같네."

팽하리도 언청희 말고는 없는 것 같다며 고개를 끄덕였다. 그러자 마상필이 한마디 덧붙였다.

"청혼을 했다고 하던데."

"에?"

"청혼?"

두 사람이 깜짝 놀란 표정을 짓자 마상필은 신이 난 얼굴로 그다음 이야기도 전해 줬다.

"진 대협에게 비무를 청했답니다. 저 녀석이 이기면 언 소저를 데려가는 거고, 만약에 지면 청혼을 포기하는 걸로."

"그걸 오라버니가 받아들였다고요? 아니, 그보다 맹철한이 이길 수나 있는 건가요?"

제갈미령은 말도 안 되는 짓이라며 맹철한을 바보 같다고 했다.

"실제로 겨루는 것이 아니라 논검을 청했다고 합니다."

"논검이라면……."

제갈미령은 잠시 진진의 싸우는 모습을 떠올려 봤다. 딱히 초식이나 상승의 무공을 익히고 있다는 생각이 들지 않자 '아!' 하는 소리를 냈다.

논검은 실제로 몸에 익히지 않았다 해도 무학 지식이 풍부한 사람이 유리한 방식이었다. 잡기를 기반으로 하는 진진에겐 상당히 불리한 비무인 것이다.

진진이 비무에 패하는 것은 살짝 짜증이 났지만, 이번만큼은 나쁘지 않다는 생각이 들었다. 언청희 역시 자신들과 여러 가지 대결을 통해 승자의 즐거움을 만끽하고 있으니 말이다. 진진을 독차지하다시피 괴롭힐 수 있었던 것은 두 여자의 양보가 아니라 어쩔 수 없는 상황이 존재했던 모양이다.

"오라버니가 논검엔 약하실 텐데……. 하지만 덕분에 청희가 시집을 갈 수 있게 되는 건가?"

제갈미령은 걱정하는 듯하면서도 은근히 통쾌한 표정으로 맹철한을 바라봤다. 대충 돌아가는 상황을 짐작한 팽하리 역시 그런 형태의 비무라면 딱히 말리고 말고 할 이유가 없었다. 자신 역시 어린 청희에게 밀려 찻물만 들이켜고 있는 중이니 말이다.

"그런데 오라버니는 왜 안 나오는 거죠?"

"그거야 진 대협이 그런 식의 비무에 응할 이유가 없으니 그런 것 아니겠습니까?"

마상필의 말에 제갈미령과 팽하리의 얼굴에 단호함이 서렸다.

"언니, 이럴 땐 나서야 하지 않겠어요?"

"어머! 우리가 같은 마음일 때도 있네."

두 사람은 호호거리며 진진의 방으로 달려갔다. 그리고

세 여자의 온갖 요설과 압박에 버티지 못한 진진이 결국 밖으로 도망쳐 나왔다. 논검인지 논개인지를 빨리하는 게 오히려 평화로운 길임을 깨달았기 때문이다.

"누구라고? 맹철한? 원하는 게 비무, 아니 논검이라고?"

"아, 네. 북경맹가의 맹철한이라고 합니다."

맹철한은 씩씩대며 나타난 진진을 향해 정중히 포권을 취했다.

"그래서, 어떻게 하는 건데?"

"네?"

"논검하자며."

"네."

"나 그거 한 번도 해 본 적이 없거든. 일단 방법이라도 알려 주면서 하자고."

"……."

필승을 다짐하며 진진과의 비무, 아니 논검을 하고자 찾아왔던 맹철한은 본격적으로 대결을 하기 전에 무림 무식자 진진을 위해 논검이 어떤 것인지, 또 어떻게 대결을 해야 하는지에 대해 교육부터 시작해야 했다.

5권에 계속

www.mayabook.co.kr

www.mayabook.co.kr